ANA CRISTINA REIS

Meu Reino por um Cashmere

As obsessões de uma mulher nada básica

À minha família,
que me agüenta sem me entender

Aos ex-namorados,
que não agüentei, ou não me agüentaram

Ao próximo amor,
que deve ser o melhor de todos

Sumário

Sexo

Mentiras e a Lua como Testemunha

Três bilhões de anos de evolução e eles ainda não sabem que mulher gosta mesmo é de romance, e geralmente do tipo mais simples: atenção e conversa fiada.

O Homem Básico

Joana liga para contar que vai se casar. A pergunta é boba, mas inevitável: "Você está mesmo apaixonada, hein?" A resposta é direta: "Ele não liga para futebol ou carnaval." Sem saber, Joana está apontando algumas das características do homem básico. Que nada tem a ver com homem vulgar, banal. Não. O homem básico é essencial. Bem diferente dos antigos namorados de Joana. Todos eles ótimos. Ótimos demais, talvez.

João foi o primeiro. Romântico, mandava bombons de cereja pelo Sedex, comprava passagens aéreas de surpresa, dava ursinho de pelúcia no aniversário e fazia serenata. Se acaso viajava sem ela, trazia-lhe cerâmica de San Giminiano, pôster de Miró de Barcelona e queijinhos do free shop. Chegou a encomendar tulipas de Amsterdã. Pobre João, esse foi seu erro: era um romântico over.

O homem básico também é (no fundo) um romântico. Sabe de cor algum poema de Fernando Pessoa. Mas poucas são as chances de que venha a declamar versinhos para você.

O homem básico diz o lugar-comum — na hora certa.

Tem aperto de mão forte.

É amigo dos amigos.

Não manda flores.

Não conhece Londres.

Não faz serenata.

Marcelo, o segundo affair de Joana, nasceu bebê Johnson. Aos 30 anos, era um executivo de carreira. Vaidoso, gostava de andar alinhado, mas não o bastante para ofuscar outras pessoas — o que não seria de bom-tom. Um dia, mandou fazer um armário só para meias. Foi a gota d'água para Joana se desencantar com Marcelo. Onde se viu homem tão certinho?

O homem básico não gosta de sapato social.

Ele não é jornalista, executivo ou político. Não é intelectual, rico ou evasivo.

O homem básico tem alma de cavalheiro medieval.

O terceiro namorado de Joana conquistou-a com verve, lábia e beijos. Irônico, Maurício era o primeiro a fazer piadas sobre si mesmo — o que pode ser ótimo. Gostava de uísque e de programas cult — o que pode ser ruim. Joana não agüentou tanto scotch e filme iraniano.

O homem básico adora filmes de ação e gosta de *Casablanca* — versão original em preto-e-branco, é claro.

Não tem beleza suave nem selvagem.

O homem básico é gostoso.

Usa lenço branco.

Faz cafuné.

Até assiste a jogo de futebol, mas não deixa de fazer qualquer outro programa com você por conta disso.

Não liga para Elvis Presley e tampouco tem paciência para Woody Allen.

O homem básico é cheiroso.

Dirige carro, moto e caminhão, se for preciso.

Ele é carnívoro.

Depois de Maurício, veio Eduardo. “Este é o homem”, Joana chegou a pensar. Artista plástico, fã de Veneza, gourmet e conhecedor de jazz and blues, Eduardo presenteava Joana com jóias e a convidava para os melhores restaurantes — depois de terem ido a um vernissage. Mas faltava a Eduardo uma atitude máscula, vigorosa. Não que ele tivesse de puxá-la pelo cabelo (se bem que ela não reclamaria), mas há que ter pulso. Eduardo tinha o verniz de um inglês, e esse foi seu erro. O homem básico não pode ser inglês. Já viram briga de casais ingleses? Sem lágrimas, sem grito, sem vingança.

O homem básico, ao se separar, roga praga. Praga de que tipo? Do tipo “ninguém te amará como eu te amei”. Profético.

O homem básico não sabe que os tapetes persas nos tons café-com-leite, made in Manaus, estão invadindo os novos grandes salões do Rio.

Não usa brinquinho.

Já ouviu falar de Vera Loyola e Carmen Mayrink Veiga, mas pouco vai à Barra e não freqüenta o Country.

Ele já instalou o último programa lançado pela Microsoft.

Ele dança (se você quiser).

Ele não gosta de escargot.

Paulo foi a mais recente paixão. Mais velho 15 anos, tinha as pernas de Sean Connery, havia lido e relido Eça, era amante de vinhos da Borgonha e da Alsácia, e fazia análise. Por quê? Para não se apaixonar por mulheres 15 anos mais novas.

O homem básico nunca fez ou fará terapia.

Ele não tem depressão.

Ele vai à praia.

Não gosta de fazer compras, mas vive lhe dando presente.

Quer fazer ginástica, mas ainda não fez a matrícula.

Nunca diz frases de efeito do tipo: "País que tem bananeira não tem bom vinho."

Tem paciência para lidar com os chatos, mas não é do tipo família-Natal-churrasco na piscina.

E o exagero dos enfeites na época de Natal não o irrita ou comove.

O homem básico sorri.

Ele É uma Miragem

Mulher que é mulher nunca é simplezinha, né? Aquela que parece a mais fútil, quase sempre é a mais complicada. E a mais bem resolvida, na verdade esconde fobias. Ou seja, tentamos nos equilibrar para não pirar. O problema, é claro, são os outros. E antes que isso fique parecendo discurso de auto-ajuda, conto uma passagem que aconteceu comigo para ilustrar minha teoria: o problema, é claro, são os outros.

Em vez de começar um regime na segunda-feira, entrei na primeira clínica que aceitava seguro-saúde. Estava atrás de fisioterapia para o braço que quebrei no ano passado. Vida sedentária, computador e braço ex-fraturado devem dar uma mistura e tanto, porque a clínica me prescreveu calor, manipulação, RPG, massagem e acupuntura. Tudo na mesma sessão. Encarei bem o calor, a manipulação, a Reeducação Postural Global e a massagem. Estava quase relaxada quando me levaram para a ante-sala do acupunturista. Tentava me distrair lendo folhetos sobre artrite quando ele apareceu. Louro, alto, jovem e de olhos azuis. Cadê o oriental? Cadê o magricela macrobiótico de rosto amarelado? Como é que esperam que eu relaxe tendo um jovem simpático a espetar agulhas em meu corpitcho?

Não fico à vontade com agulhas quando o assunto é coser, bordar e cerzir, muito menos quando a questão é terapêutica. Não me venha dizer que a acupuntura é método empregado há milênios por chineses e japoneses para aliviar dores. Não convivo com chineses e japoneses. E era virgem de agulhas até aquela tarde.

Vou fechar os olhos e ouvir aquela música (música?) de cachoeira transbordante, e trinado de passarinho, e tudo vai correr bem. Nem vou sentir as agulhas.

Mas pelo visto o acupunturista achou que puxar conversa ia me deixar à vontade com as agulhas.

— Em que você trabalha?

— Sou jornalista.

— E qual é a sua área?

Agulha no ombro.

Vou falar que minha área é sexo, moda, gastronomia e decoração, aposto que afugento o rapaz e o assunto morre aqui.

— Sexo, moda, gastronomia e decoração.

— Gastronomia? Adoro cozinhar!

Agulha no pé.

— Você cozinha?

— Prefiro comer.

Agulha na nuca.

— Pois eu faço receitas do mundo todo. Italianas, francesas, árabes...

Sinto que ele espera que eu faça um comentário.

— Eu gosto dessas cozinhas todas.

— Você sabe fazer comida japonesa?

— Sushi e sashimi? Sei não.

— Eu sei. E minha namorada adora.

Agulha na testa.

— Ai! Essa doeu.

— É o ponto do juízo — disse, sádico e simpático. — Agora eu vou sair, está bem? Você ouve a música e tenta relaxar. Daqui a pouco eu volto.

Nunca tinha entendido esses CDs de som de riacho, de pingo de chuva em folhagem, de vento em copa de árvore, de grilo ao entardecer. Agora compreendo para que serve um CD de cachoeira transbordante — é para fazer o sujeito ir ao banheiro. E eu presa nesta maca. Pé, mão, ombro, nuca e testa espetados. Droga. Essa musiquinha de fazer xixi é dose. Vamos pensar noutra coisa, vamos pensar noutra coisa. Sushi e sashimi? Cozinha italiana, francesa, árabe?

O acupunturista retorna, começa a tirar as agulhas e a descrever o último prato que preparou.

— Foi ontem, uma paella. O segredo é a matéria-prima. Eu mesmo pesquei no dia os peixes e os crustáceos.

— Ei, o que é isso!? Você é jovem, bonitão, simpático, cozinha para a namorada e ainda pesca seus peixes? Ou você é uma miragem ou é um mentiroso.

— É verdade. Eu cozinho e pesco meus peixes.

Despedi-me prometendo-lhe uma receita de peixe, mas não sei se vou voltar. Mulher não agüenta quando o que parece que é bom demais para ser verdade é de fato bom demais.

E de outra.

Bulgária e Bangu

Foi na Lagoa, numa festa particular para o mundo da moda. A Lua como testemunha. Moêt & Chandon em abundância e todos os convidados com pelo menos mais 20 centímetros que eu. O bufê era de cozinha da Polinésia. Para combinar, ventiladores de teto foram vestidos de folhagens. O figurino dos convidados? Preto, claro. O décor? Orquídeas everywhere.

No terraço, uma bela mulher na casa dos 40, recém-separada, disse enfaticamente:

— O negócio é a Bulgária.

— A moda na Bulgária?

— Não, os homens. Da Bulgária, da Croácia, da Iugoslávia. A solução é o Leste Europeu.

A argumentação tinha base estatística. Ela começou citando o IBGE.

— De acordo com o Censo de 2000, do total de pessoas desimpedidas com mais de 35 anos, 14 milhões são de mulheres, para apenas 9 milhões de homens. Mas essa proporção é para o Brasil de modo geral. Se a gente for analisar a situação nas metrópoles, o cenário piora — disse a mulher.

A tese incluía observação social de costumes. Observação empírica, mas veemente.

— A mulher tem que trabalhar muito, não tem jeito: ou é porque precisa pagar as contas ou porque precisa se manter bonita. Conclusão? Falta tempo para conviver com amigos e vizinhos, que, potencialmente, são as pessoas que podem te apresentar alguém disponível — disse.

A dialética era cabeluda, literalmente.

— Esses europeus do Leste ainda não foram afetados pela frescura mundial reinante: é só ver as partidas de futebol da Eurocopa para atestar. Enquanto o Beckham é cheio dos brincos e vive mudando o corte de cabelo, os croatas, por exemplo, são cabeludos, peludos, básicos.

A idéia tinha plano de ação.

— A operação pede investimento, mas o retorno é garantido: você tem que ir lá buscar o rapaz. Bulgária, Croácia, Iugoslávia, tanto faz. Mas o importante é não trazê-lo para cá, aqui tem mulher demais. Em vez disso, você instala o homem em Santiago ou Montevidéu. Em Buenos Aires é perigoso, as brasileiras voltaram a freqüentar. Não tenho dúvida, vale a pena: manter casa na praia ou na serra sai mais caro — argumentou.

Não sei o que me deprimiu mais: ter ouvido essa estratégia mirabolante ou saber que eu nunca poria em prática essa estratégia mirabolante. E assim — sem búlgaro, iugoslavo ou croata — dei uma desculpa para me afastar:

— O garçom passou e a gente não viu. Vou lá pegar champanhe.

Encontrei um bar montado no jardim-de-inverno.

— Estou aqui em missão muito especial — disse para o garçom. — Fiquei de levar duas taças de champanhe lá para dentro. O champanhe, ao menos, é francês. Porque parece que está faltando homem nesta festa.

O garçom encheu as taças, deu um sorriso sobre o comentário e perguntou:

— A senhora conhece Bangu?

Por Amor

Soube que uma conhecida — o exemplo da eficiência que enerva: é linda, magra, inteligente e bem-sucedida — vai largar a cidade, os parentes e o emprego para cultivar cogumelos na serra. Até aí, tudo bem. Acabo de reler *A Cidade e as Serras* e entendo que alguém troque o Rio pela serra. Entendo, louvo e desejo boa sorte. O curioso foi quando descobri o motivo da mudança.

A moça se apaixonou por um produtor de endívias, que dá mais atenção para as chicórias raffinées que para ela. A futura empresária de fungos comestíveis quer estabelecer vínculos, criar maior intimidade com o semeador de chicória, porque acha que o homem "ainda não percebeu que eu sou o amor da vida dele". Para ajudar a percepção e apressar o destino, ela comprou um terreno quase vizinho ao dele e muda-se para lá depois do feriado.

Minha primeira reação foi de dupla admiração: pela paixão e pela iniciativa. O segundo pensamento era menos nobre: que exagero sair correndo atrás de um plantador de chicória!

Boa alma que sou, deixei passar o despeito e arrefecer o ânimo para ponderar sobre a questão. 1. É ponto pacífico que fazemos as coisas mais ridículas pelo objeto da paixão. 2. Alguns se armam da sabedoria popular e defendem o lema quem-não-arrisca-não-petisca. 3. Será que vale a pena? 4. Comigo, valeu?

Ai, que vergonha. Nunca fiz nada tão drástico como largar meu cantinho urbano para revolver troncos hospedeiros de fungo. Nunca chorei por amor dentro de um ônibus. Nunca bati com a cabeça no chão (É sério, eu vi! Era um piso acarpetado, mas era chão).

Mas não me tome por insensível, antes fosse. A primeira paixão chegou com um primo, eu tinha 9 anos e ele, 14. Passei uma década tentando seduzi-lo. O artifício? Ficar amiga dos amigos dele. Li tudo sobre Churchill, vi todos os filmes de Monty Python, li tudo de Jane Austin (no original), fiquei íntima de Carl Sagan. O resultado? Fiquei amiga dos amigos dele.

A segunda paixão foi por um rapaz que gostava de jazz. A quantidade de horas que passei ouvindo jazz com cara de enlevo e nenhum ouvido musical. Parei em John Lee Hooker, que nem jazz é, mas totalmente blues. Ou, como aprendi com o amigo Antônio Carlos Miguel: Hooker é um cantor, compositor e guitarrista de blues elétrico, escola de Chicago, que começou nos anos 40 e continua na ativa.

Ainda nos exemplos o-que-a-gente-não-faz-por-amor, houve o jovem psiquiatra que estava preparando uma tese de mestrado sobre Nietzsche. Isso mesmo: Frederich Wilhelm Nietzsche. Revirei os sebos da cidade e as estantes de papai. Encontrei um Edições de Ouro, coleção “Ao seu Alcance”, título *A Filosofia de Nietzsche*, de quando o Rio ainda era Guanabara. Havia outros livros, mas achei que aquele era de bom tamanho: 116 páginas em letra graúda e texto de Will Durant. Entendi patavina. Mas fui à dissertação de mestrado. Era um auditório de faculdade, mês de janeiro, cadeiras duras do tipo prancheta, um calor de derreter caneta Bic, e eu ali, firme. Ganhei um amigo e continuo sem entender o filósofo que nasceu em Röcken, localidade próxima a Leipzig.

Poderia dar outros exemplos, como a vez que me encantei por um tipo saudável. Comprei um par de tênis Air-alguma-coisa (dizem que ajuda a impulsionar o calcanhar!?), consultei o Dr. Cuiabano sobre o melhor filtro solar, fiz um rabo-de-cavalo e fui andar no calçadão de Ipanema. Meu entusiasmo maratonista durou três domingos de sol e adicionou duas viseiras e três chapéus de palha ao guarda-roupa.

Fazer papel de bobo — mesmo que light — vale a pena. No mínimo, é como diz nosso filósofo Roberto Carlos: "O importante é que emoções eu vivi." No máximo, lê-se algo sobre Nietzsche, ouve-se jazz, anda-se na praia. Uma coisa é certa: não tem fim. Por que acha que estou relendo o Eça? Porque ele é gênio, sim. E porque, se um dia me encantar por um grisalho, será meio caminho andado.

Perfis Masculinos

Uma amiga tem uma teoria ótima: a classificação de um novo tipo de homem, o canalha honesto. "Como ele não consegue ser um desclassificado total, um galinha de carteirinha — tomou muito Danoninho na infância, estudou em bons colégios, teve uma mãe bacana —, encarna o personagem galinha magoado. Que faz besteira, mas se arrepende, chora no escuro, diz que vai se matar. Que pula a cerca, mas conta tudo, tudinho... dividindo a confusão com a sua 'verdadeira companheira', a mulher-cabeça-feita que supostamente vai compreender seu caos mental."

O canalha honesto me fez lembrar de outros tipos masculinos, alguns de perfil físico particular, outros com traço de caráter específico. São eles:

O PRIMO DO HOMEM DE MARLBORO
É menos elegante que o original dos anúncios de cigarro, mas tem a mesma aura de masculinidade. É aquele que, se você quebrar a perna, vai dispensar as muletas e te carregar do carro para casa e para a cama.

O FOFO CASADO

É gostoso, brincalhão, geralmente feio, suficientemente inteligente, sai com você uma ou duas vezes, fica amiguinho e sempre te liga no aniversário.

O QUASE CAMEL TROPHY

Usa calça cáqui, camisa de brim com a manga enrolada e, nos fins de semana, botas no estilo alpinista. Nunca participou de um rali na vida.

O HOMEM MATERNIDADE

Quando o real estava igual ao dólar, foi a Miami comprar o enxoval do bebê que estava para nascer. Hoje, quando toca o celular, os amigos já sabem: é a babá dando notícias do filho.

O HOMEM SUCESSO

Ele marca dia, hora e o bar que está na moda. Chega atrasado. Diz que está cansado da solteirice. Menciona como quem não quer nada algum episódio social ou profissional em que ele tenha feito sucesso. E depois só faz perguntar. Porque acha que o homem que sabe ouvir faz sucesso.

O SEXY PURO

É um Niagara Falls, um Grand Canyon, uma maravilha da natureza de tão sensual e... puro. Verdade! É um moço de boa família. Tem um affair com você nas férias e depois liga para saber como foi seu réveillon.

O DIRECIONADO

É o pior tipo. Você nunca sabe o que ele está pensando, então acha que o rapaz é cool, que está ocupado com altas cousas do espírito. Na verdade, ele está louco para te conhecer biblicamente e depois te dispensar.

O FILANTROPO
Ele não quer um compromisso sério porque "você deve se guardar para o verdadeiro amor da sua vida". Enquanto esse amor não chega, ele aproveita.

O BAD BOY VIP
Bebe, mas é conhaque. Puxa um fumo, mas o cabelo sempre cheira a loção francesa. Joga, mas é bridge. É encantador socialmente.

O PERSEVERANTE
Ele fica meses na sua cola, manda e-mails os mais abonadores, escolhe uma característica sua para exaltar (varia do sensorial — pés, olhos, sorriso — ao intelectual — senso de humor, inteligência) e vence pela insistência.

O HEDONISTA
É um galinha graduado. Ele só pensa naquilo, mas sabe armar a cena: o melhor restaurante, o melhor vinho, a melhor viagem.

O QUE SE ACHA
Ele entende de vinhos, de política, de música e de mulheres. Bem... ele acha que entende de vinhos, de política, de música e de mulheres. É facilmente reconhecível: já passou do terceiro casamento.

Perfis Femininos

Fui criada por mulheres, trabalho com mulheres, emprego mulheres. Eu quero é saber de homem. Mas não resisto e faço aqui uma lista de alguns perfis femininos.

RALPH LAUREN

Vigorosa, tem o padrão internacional de beleza dos ossos largos e da pele dourada mas resistente aos raios solares. Do tipo que fica bem de jeans e camisa social branca em qualquer situação, estilo anúncio de Ralph Lauren. Não importa a procedência — carioca, paulista, gaúcha —, o sotaque nunca é acentuado. Não é de bom-tom o regionalismo: elas são cidadãs do mundo. Até algumas mineiras conseguem.

ÁGUIA

O rosto é mais para o oval. É a falsa alta. É a executiva que prega o quality time em casa — 15 minutos por dia com os filhos é suficiente. É também a bem-nascida que se casa com um poderoso, divorciado, prestes a ser avô, e faz todos os tratamentos para ter filhos — porque seu amor por ele é demais, assim como é grande sua conta bancária. Este tipo de mulher sempre envelhece bem.

RATINHA

Come pelas beiradas. É a primeira a saber e passar adiante as fofocas. Quanto pior a situação do outro, mais ela se regozija. Adora acumular traquitanas, ganhar brindes e ser convidada para bocas-livres. Quanto mais você a conhece, menos gosta dela, mas a convivência forçada no trabalho ou na família te impede de fazer "Xô!", então você engole em seco e agüenta as "mordiscadas" no calcanhar, a alma pequena e a aparência vulgar de quem deseja desesperadamente ser chique e enturmada.

LOW PROFILE

É rica, é bonita, é talentosa e tem uma culpa enorme disso. Quando cai em depressão, refugia-se numa piscina aquecida e coberta, vendo móbiles azuis que pendem do teto. Seria engraçado ver uma conversa desta mulher com a Dercy Gonçalves.

BLINDADA

É rica, bonita e talentosa, mas não tem tempo para se sentir culpada porque é hiperativa: resolve tudo para os filhos, o marido e os amigos. Dirige carro blindado (por eficiência e não por ostentação). Usa jóias discretas. Tem boa cultura geral, mas não chateia ninguém com o que sabe.

CABEÇA

Nem Chico Xavier com suas vidas passadas teria sido capaz de acumular tanta erudição. Suflê, sufismo, sufrágio, surfe, suéter, sueco, sudorese — escolha um assunto e ela vai, sem você pedir, te afogar em explanações. Serve para consultar, mas não para conversar.

CONCURSADA

Profissional eficientíssima, que subiu por concurso, quer o melhor carro, a roupa mais chamativa e um homem que compareça. Afinal, sabe que trabalhou muito para isso.

RACÉE

É a mãe da low profile. Cinqüentona, sessentona ou setentona, sempre parece ter 15 anos menos. Qualquer que seja a ocasião é, sem esforço, a mais elegante. Não sente calor, não sente frio, não bebe demais, não fala alto. Mas não é uma chata insensível, pelo contrário. É agradável, espirituosa, pertinente — a convidada ideal.

VAPOROSA

É a mãe da blindada. Fazia análise quando isso era considerado subversivo. Fala alto, usa palavrão como vírgula, conta os podres da família sem remorso, veste cores vibrantes e, de preferência, roupas vaporosas.

LOUVA-A-DEUS

Ela até usa uma medalhinha ou fitinha do Senhor do Bonfim, mas o nome não tem a ver com religião mas sim com a beleza e aparente fragilidade do inseto. Esta mulher é delicada, às vezes parece aérea, e tem aquele quê de tristeza que Vinicius recomendava. Segue a moda, cultiva os amigos e está sempre à procura do amor.

HELLO KITTY

Ela está quase chegando aos 30, mas... usa presilhas de cabelo Hello Kitty, esmalte com estrelinhas, sapato estilo boneca, minissaia evasê, celular colorido e agenda coberta de adesivos. Fala com voz de criança e adora diminutivos.

MODERNINHA

Adora chuva, São Paulo e festa rave.

HÍBRIDA

Mistura de dois a três perfis citados aqui.

Paixão à Segunda Vista

Nunca havia me apaixonado à primeira vista. O primo na cachoeira, quando eu tinha 9 anos, não conta — ele é um Tom Cruise melhorado, e estava de cueca. Nunca me apaixonei à primeira vista porque achava arriscado: e se o sujeito for fanático religioso, usar meia branca com sapato preto, não cumprimentar os porteiros e ascensoristas, for mau-caráter ou pão-duro nas gorjetas?

Então, faz quase um mês, apaixonei-me à segunda vista. Reencontrei Jorge, que não via há sete anos. Se você me perguntar como ele era na época, não saberia dizer. Mas o reencontro me tirou o chão. Notei primeiro o rosto de maxilares fortes e nariz heráldico, como os dos guerreiros dos livros de história. Depois, reparei nas mãos — grandes, delineadas, precisas. Pensei tanto nas mãos que não me lembro do que senti no shake hands da despedida.

Na última quarta-feira, voltei a vê-lo. God, como a paixão, mesmo a platônica, faz bem! Ele já tinha virado a esquina e eu continuava com um espírito de Pollyanna. A rua — esburacada, poluída e barulhenta — ficou pitoresca. Sorri para o rapaz que me impingia um panfleto de propaganda. Entrei finalmente na loja de produtos naturais para comprar cristais de gengibre para a garganta. Passando pela locadora, notei os cartazes de filmes bobos e banais com simpatia. Não somos todos, no fundo e na superfície, frágeis, bobos e banais?

Acenei para o táxi. O motorista era um português falante, furioso com as bandalheiras no trânsito. Enquanto ele ia citando exemplos escabrosos, eu rebatia com "Que horror!" e "Esse mundo está mesmo perdido!", mas não escutava. Só ouvia o sol a me cobrir a nuca e o peito.

Freud Explica

Ele a trocou por outra mais jovem? Por uma burra? Ou mais velha? Ou vadia? Ou casada? Se servir de conforto, Freud explica. E eu reexplico aqui, com todos os atos falhos que a interpretação de um texto pode suscitar. Mas com pureza d'alma. A intenção é tentar entender as neuroses masculinas na escolha do objeto do amor.

Claro que nós nunca nos deparamos com um tipo desses, imagina. Nossos relacionamentos são saudáveis, loucos são os outros. Mesmo assim, não deixa de ser interessante saber como funciona a cabeça desses infelizes que torturam a vida de outras mulheres. Identifiquei cinco tipos.

Aquele que, para ter prazer, tem que fazer outro homem de corno — é o que só se interessa por mulher comprometida. A razão psíquica? É a chance de explorar seus instintos de rivalidade e hostilidade em direção ao marido da mulher arrebatada. No inconsciente, equivaleria a roubar a mãe do pai.

Ele só se sente atraído por vadias? Não precisa ser uma profissional, mas tem que ser promíscua? Essa mulher é uma fantasia da pré-puberdade, quando o garoto descobriu que sua mãe dormia com seu pai, portanto, ela estava mais para prostituta do que para santa.

Ele gosta de mulheres mais velhas? Então não se desligou da mãe no tempo certo. E é isso mesmo que você está pensando: fixação incestuosa.

Ele prefere uma mulher cultural e socialmente inferior? É aquele que só se realiza se o objeto de amor for depreciado. Na infância e na adolescência, esse homem lidou mal com duas correntes, a afetiva e a sensual. Resultado? Só vai funcionar com uma mulher que não olhe para ele de igual para igual.

Ele só anda com mulheres muito mais novas? É para não ser comparado com outros homens.

Ou não.

Vai ver a atração não tem nada a ver com o passado, a psique, o pai e a mãe. Foi paixão misteriosa — essa redundância. Mas, se ele repetir o comportamento, desconfie. Em vez de neurótico saudável, ele pode ser um neurótico sádico. Então, querida, pule fora.

As neuroses femininas? Falta-me estudo para falar delas.

No Supermercado

Tarde tranqüila de domingo. Boa para ir ao supermercado. Já estou quase no caixa quando me dá um desejo louco de comer um bife. Volto para a seção de carnes, mas não acho um corte individual de contrafilé. Procuro o atendente.

— Só um bife? Ih, nunca vi isso, não. Mas vou checar.

Ele checa pelo telefone, por walkie-talkie ou sai para procurar o gerente? Não. Ele berra para um outro atendente, no final da seção de carnes, quase entrando na ala dos refrigerantes:

— Zé, a gente vende um bife só? A moça quer comprar só um bife.

Pode ser paranóia. Ou não. Pareceu que o supermercado inteiro ouvira que havia uma mulher querendo comprar só um bifinho e pensou: coitada, além de pobre, é sozinha.

Não esperei para ouvir a resposta. Agradeci e peguei uma bandeja com quatro contrafilés.

Em casa, para me vingar (do quê? de quem?), fritei os quatro bifes. Posso atestar que comer quatro contrafilés à noite não mata, só dá pesadelo. Além de fazer de mim uma neurótica.

Já falei sobre cinco tipos de neurose que afligem os homens, com base em Freud e em observações próprias. Nunca a caixa de correio ficou tão lotada. Havia mensagens como a de Inácio ("Você entende tanto de homem quanto eu de física nuclear e missa"), mas a maioria me instava a falar sobre as neuras femininas. "Você é mulher, vai ser mais fácil", provocou um leitor.

Aí é que está a armadilha: a proximidade embota o bom senso. Mas, porque sou sensível a apelos e desafios, vou tentar descrever cinco maneiras pouco saudáveis de agir das mulheres em face do amor. E, desta vez, sem muita ajuda de Freud — seja porque ele pensou pouco nas mulheres, seja porque não entendi o que ele escreveu sobre elas. Portanto, o que se segue são considerações advindas de minha observação:

1) Mulheres que só têm prazer se relacionando com homens imprudentes, galinhas e de caráter duvidoso sofrem do complexo "ligações perigosas". Depois de muito padecer, tentam achar um sujeito legal. Geralmente, não conseguem. Então dizem que o mercado só tem homem casado ou gay. Dependendo de onde procuram, o quadro é esse mesmo.

2) Não apenas alguns homens só gostam de se relacionar com mulheres mais novas. Há mulheres que procuram homens mais velhos e não é golpe do baú. Elas buscam o homem/pai. Seja porque o pai foi omisso, seja porque foi presente demais.

3) Algumas das mulheres que não viveram bem a relação com o pai enfrentam dificuldades no sexo. Não gozam. No máximo, acham que têm orgasmo, mas é algo clitoriano, rápido, pouco eficaz. Não confiam nos homens, não se soltam.

4) Algumas amam demais. Viram mães dos maridos, se anulam, fazem tudo para agradar. E o que conseguem? Desprezo e pena a médio prazo. Solidão a longo prazo.

5) Algumas amam de menos. Por medo de amar demais.

Ressalto que nenhuma dessas neuroses se aplica a mim. Neverzinho. Mais do que ser a soma e a ausência de todas elas, quero me crer misteriosa, a exemplo do que escreveu Freud: "Quase se pode dizer que a mulher inteira é um tabu."

Se Freud deixou a desejar em seus estudos sobre a sexualidade feminina, eu me deixo levar, vida leva eu, mas não sem antes me lembrar de uma história que ouvi meu pai (ops, ato falho) contar. Foi sobre uma discussão que se passou na Câmara do Rio, a velha Gaiola de Ouro, entre o presidente Paes Leme e o folclórico vereador Índio do Brasil.

Disse o presidente da Câmara para o vereador:

— Esta não é a sua opinião: só pode ser coisa do seu subconsciente.

— Saiba Vossa Excelência que eu não tenho subconsciente: eu sou um homem de consciência tranqüila — replicou o vereador.

— Vossa Excelência desconhece Freud? — perguntou Paes Leme.

— Desconheço e não quero conhecer. Deve ser um desses gringos que vivem jogando pife-pafe em Copacabana com Vossa Excelência.

De Olhos Fechados

— A senhora quer *Sexy Hot*? — perguntou o rapaz da Sky.

Cercada por canaletas, fios e cinco (cinco!) controles remotos, não entendi na hora o que ele tinha dito.

— Se eu quero o quê?

— Se quer o canal erótico. A senhora tem direito a um mês de graça na inscrição — explicou o técnico.

— Ah, tudo bem — respondi.

Esse "Ah, tudo bem", assim displicente, foi para ser discreto e desinteressado mesmo: não sou de dar confiança para técnico eletricista e não enxergo graça em ver filme pornô. Para os homens parece que faz sentido, porque para eles a excitação sexual é primordialmente visual, dizem todos os estudos analíticos. Para nós mulheres, não.

Nós gostamos do todo e do particular de preferência de olhos fechados. Ser louca por pés cheios de veias e cabelinhos, por sovaco com pêlos desordenados, por cotovelos rachados (quando não esverdeados) ou por aquilo mesmo que você está pensando, dentro de um short velho de malha, sentado em frente à TV assistindo a uma corrida de Fórmula 1, só quando se ama.

Para a mulher apaixonada, pé com veias saltadas é sexy. Sovaco cabeludo é afrodisíaco. Cotovelo rachado é sinal de macheza. Short velho de malha é um veludo para a alma. Mas essas sutilezas só valem para o coração tomado. A frio, sem enlevo, a visão de sexo explícito é tão excitante para a mulher quanto um manual de instalação de eletrodoméstico. Comparação injusta: o manual é pior.

Mas dizer que a gente não repara é mentir. Reparamos, sim. Não perdemos de vistas as mãos (sem unhas curtas e limpas, tchau), a nuca, a boca e, se tivermos sorte e nosso objeto do desejo estiver em forma, gostamos muito daquela reentrância na altura dos quadris, quando a pele faz uma curva antes de se aproximar do fêmur.

Mulher é um bicho louco por gostar de homem, mas é nosso vício, fazer o quê? Daí a ver filme pornô... O máximo de erotismo para nós é a cena do bumbum do Mel Gibson naquele filme de ação que ele fez com a Goldie Hawn.

Mas ninguém escapa de um técnico eletricista empenhado.

— O sinal já deve ter entrado. A senhora quer conferir se o *Sexy Hot* está pegando?

O técnico, deitado numa toalha de banho cor-de-rosa, colava fios debaixo da estante da sala. Toalha de banho cor-de-rosa?!, espanta-se você. Pois vai ficar desencantado quando souber o motivo: a toalha foi para não sujar a roupa dele com o pó de mármore, que não quer ir embora lá de casa.

De onde estava, o técnico não via a tela da TV. Por isso, e só por isso, perguntei:

— Qual é mesmo o número desse canal?

Testei. O sinal tinha entrado, a imagem estava nítida e imediatamente troquei de canal para o Multishow. Passava *Sex and the City*. Charlotte estava tendo um sonho erótico com o jardineiro enquanto a seu lado o marido, inocente, dormia. Não sei se foram os gemidos de Charlotte ou minhas risadas, mas o técnico largou a instalação na estante para ver o que acontecia na TV. E ficou. Viu o episódio até o fim. Só se manifestou no intervalo para saber que programa era aquele.

— Esse eu não conhecia. É raro eu ver televisão — disse.

No fim de *Sex and the City*, acrescentou:

— Desse eu gostei. Pena que eu tenho pouco tempo para ver TV. Sabe como é... trabalho até tarde, e em quase todos os fins de semana também.

O que eu podia dizer? "Nossa, é puxado o trabalho, hein?" Isso era óbvio: ele chegara às cinco da tarde e já passava das onze da noite. Saí pela tangente:

— Você aceita mais um cafezinho?

— Aceito sim. E desta vez vou fumar um cigarro, pode?

Cigarro e cafezinho levam a confidências, como a das férias que ele passou no Pantanal.

— Se um dia a senhora quiser descansar mesmo, desestressar, não tem lugar igual ao Pantanal.

Desestressar? Por quê? Só porque minha casa está cheia de fios, porque levei bronca do arquiteto por ter deixado instalarem canaletas, porque não sei mexer nos cinco (cinco!) controles remotos e porque não consegui ajustar o relógio do videocassete?

Estressada, eu?

Meu filho, só vou para o Pantanal se for para ficar num lugar sem eletricidade.

Manolo e Javier

Tudo começou do jeito que sempre começa, na maior inocência. Combinei com Laura, amiga de longa data, de sair para comer uma massa e tomar um vinho. A massa acabou sendo um prato de frios e dois hambúrgueres. O vinho foi uma garrafa para cada uma. Mas estávamos bem. Tanto que decidimos esticar a noite num bar do Leblon com a saideira: duas taças de Porto.

— Ana, discretamente: tá vendo aqueles dois lá no canto? Não param de olhar para cá. Mas não sei qual é a deles. Parecem gays.

— Duvido. São bregas demais para isso. Qual é o gay que ia usar uma bolsa Sansonite daquela atravessada no peito?

— Achei o outro um gatinho.

Neste ponto da conversa, um homem sentado com uma mulher na mesa colada à nossa se manifestou:

— Desculpa interromper, mas esses dois não devem ser gays, parecem dois amigos recém-separados.

— Não se mete! Deixa as meninas em paz — mandou a mulher.

— Eu estava só comentando — disse o homem.

— Não sei por que fui sair com ele — disse a moça, olhando para mim e para a Laura. — A gente se conhece há séculos e nunca rolou nada. Então ele termina com a namorada, me liga e agora tô aqui nessa roubada.

— Sempre fui louco por essa mulher. Ela é que não me via.

— Deixa disso! Tu é o maior galinha!

— Viu como ela me trata? O que é que eu faço?

Não deu tempo para pensar numa resposta, porque o cara da bolsa Sansonite atravessada no peito se aproximou da nossa mesa, inclinou-se e cochichou alguma coisa no ouvido da Laura. Depois voltou para a mesa do amigo.

— O que foi que ele disse? — perguntei para a Laura.

— Eles são espanhóis. É a primeira vez no Rio, vão embora depois de amanhã e querem nos convidar para tomar um drinque agora. Eu disse que agora, não. Talvez depois, quando você tiver acabado de comer seus chocolates.

Adendo 1: Viu o que a Laura fez? Ela era a boazinha. Eu era a mulher que não queria dividir os chocolates.

Adendo 2: Os chocolates eram belgas e me custaram uma fortuna.

Adendo 3: Dava para ver que a Laura estava louca para treinar o espanhol que vinha estudando há seis meses.

— Tudo bem, vamos lá.

O homem da bolsa atravessada no peito chamava-se Manolo e seu colega, o gatinho, Javier. Eram colegas de trabalho de uma firma de óleos lubrificantes e estavam na cidade para um congresso sobre petróleo.

Laura conversou com eles sobre arquitetura, Madri, Barcelona e Cervantes. Em espanhol. Eu me limitei a sofrer: o tal do Manolo comeu metade dos meus chocolates.

Mas sabe como é: tenho alma pura, generosa e apaixonada pelo Rio. Já pensava em mostrar as praias — da Barra à Joatinga — para os espanhóis, levá-los para comer moqueca de camarão no Bira, quem sabe até pegar o bondinho do Corcovado. Tudo na maior amizade, pelo bem das relações Brasil-Espanha. Mas...

Nos despedimos dos espanhóis na saída do bar depois de trocarmos celulares. Tínhamos dado três passos quando o Manolo se aproximou da Laura e disse alguma coisa. Ela balançou a cabeça, se afastou e segurou o riso até alcançarmos o carro.

— Sabe o que ele disse? Perguntou quanto era para nós duas irmos com eles para o hotel.

Nós, os chimpanzés, as lagartixas e os fungos, todos evoluímos por seleção natural durante três bilhões de anos. Para quê? Para surgirem Manolo e Javier. Três bilhões de anos de evolução e eles ainda não sabem que mulher gosta mesmo é de romance, e geralmente do tipo mais simples: atenção e conversa fiada.

Tolinhos.

Lições Demais

Éramos quatro equilibrando pipocas, celulares e bolsas na fila de *Como Perder um Homem em Dez Dias*, quando tocou o telefone, uma de nós atendeu e disse para o interlocutor: "Ih, me pegou por pouco. Já ia desligar o celular. Tô na fila, estamos quase entrando. Vamos ver *A Máfia Volta ao Divã*, a segunda parte daquela comédia gostosa com o Robert De Niro."

Adivinha qual das quatro tem namorado? A que mentiu, claro. Primeira lição da arte da convivência amorosa: nunca seja você mesma. Dizer que ia ver *Como Perder um Homem em Dez Dias* seria bobinho e simpático demais. *As Horas*, intenso demais. *A Grande Ilusão*, francês demais. Hoje em dia, a gente tem *demais* em demasia: pivete demais nas ruas, governadores ruins demais, barulho demais, contas demais para pagar. Custa ser leve e alto-astral para variar?

Não pense que "não ser você mesma" é uma violência contra a emancipação feminina, um desperdício das inúmeras sessões de análise, um recurso vil que só as boazudas praticam. Ser você mesma pode ser um display das emoções, que a gente faz tudo para superar: ser carente demais, ansiosa demais, exigente demais, curiosa demais, impulsiva demais, perfeccionista demais.

A Máfia Volta ao Divã não vai suscitar grande conversação, o que é sempre uma vantagem porque — e esta é a segunda lição — conversar é perigosíssimo. Você pode se expressar muito bem e cansar o namorado. Expressar-se muito mal e desiludir o homem. Se expressar mais ou menos, vai desanimar o moço. Deixe a conversa para os amigos.

Não digo isso tudo por experiência (que experiência?) própria. O manual da convivência amorosa é baseado em observação e na cara-de-pau de fazer muitas perguntas às amigas. Serviu para descobrir que não sigo nenhuma das quatro lições do compêndio. A primeira — não seja você mesma — é um exercício trabalhoso para quem vive mudando de idéia: se nem sei que tipo de cadeira escolher para a mesa da cozinha, como vou saber o que é ser eu mesma; pior, não ser eu mesma? É metafísico demais.

A segunda lição — conversar é perigosíssimo — requer muito autocontrole. Sou preguiçosa demais para isso.

A terceira norma reza: não seja mãezona demais. É não exagerar nas atenções, nos cuidados e na iniciativa, pelo risco de o romance evoluir para uma relação fraternal. Ah, é? Sou do tipo que carrega e tira da bolsa um lenço de papel ao primeiro espirro de um amigo. Não acredito que seria diferente com um namorado.

A quarta e última lição: é imprescindível ter uma TV no quarto. A TV "distrai, evita a conversa em excesso, impede que se discuta a relação", ensinam as amigas. Sem comentários. Minha TV fica na sala.

Orelha Furada

Voltei dos dias de ócio bronzeada e de brincos. Em mim, bronze é a cor de um bebê de quatro meses que levam para tomar um arzinho na varanda, e é tão raro que fico me achando linda, penso logo em fazer ginástica e emagrecer. O bronze e as intenções passam rápido. Demorado foi o tempo que gastei para tomar coragem de furar as orelhas — três décadas.

Cresci ouvindo meu pai dizer que brinco é coisa de povos primitivos, que precisavam de adornos para se diferenciar dos animais.

— Daí a pouco só falta enfiar uma pena de gavião no nariz. E o ilustre cacique Raoni, com aquela argola no lábio que inviabiliza o sexo oral?

Povos primitivos, pena de gavião, sexo oral, nada disso fazia parte da rotina de uma pré-adolescente (sou do tempo em que ler Jorge Amado aos 10 anos era a transgressão máxima). Tudo bem que eu temia ficar igual a Dustin Hoffman em *Tootsie*, uma aberração rechonchuda de cabelos curtos, óculos de grau e brincos salientes. Mas a relutância em furar a orelha não tinha motivo estético ou antropológico. Era bem mais simples: morria de medo que os brincos rasgassem os lóbulos das orelhas. É um abraço entusiasmado, é o sobrinho que brinca de móbile com sua argola, é aquele fio de malha da sua blusa preferida que se engancha no pino. Terror puro e visceral de ter parte de minha orelha cortada.

Antes que algum engraçadinho faça qualquer alusão envolvendo lóbulo, orelha e brinco, me adianto. Para os bambaras de Mali, a orelha é um símbolo sexual duplo: o pavilhão representa um pênis e o canal auditivo, uma vagina. O que quer dizer? Não faço idéia.

Simbolicamente, furar a orelha foi durante muito tempo um tipo de união. Havia uma confraria de monges orientais, os bektachis, que ao fazer votos de celibato furavam uma das orelhas e botavam uma argola. Já a tradição européia fixava que o marinheiro usasse uma argola na orelha para mostrar seu noivado com o mar.

Não sou monja casada com Deus ou noiva do mar, estou mais é para rei Midas, aquele que ganhou de Apolo orelhas de asno. Senti-me a última das mortais e a primeira em burrice e idiotice, quando vi que teria de dormir uns tempos de barriga para cima por conta das orelhas furadas. Dormir, para mim, é tudo! Compro o lençol mais caro, a cortina mais hermética, o travesseiro de pluma do pescoço de ganso ou avestruz, faço tudo para evitar insônia. E então confirmei meus piores temores: de barriga para cima, piores do que a incapacidade de pegar no sono foram os pesadelos.

Por quatro noites sonhei com homens (inacessíveis) e obras (intermináveis) no apartamento.

Ao acordar, vinha à memória a amiga que teve as orelhas furadas por um joalheiro famoso. Ele mediu seus lóbulos com uma régua de prata, umedeceu com água oxigenada um chumaço de algodão tirado de um pote de vidro opala e, finalmente, disparou de uma pistola alemã um brinquinho de ouro de muitos quilates. A amiga jura de pés juntos que até estudo de acupuntura houve. O homem não quis correr o risco de perfurar um ponto suspeito e ela sair com a personalidade alterada.

Foi quase igual comigo. Entrei de impulso numa farmácia com Ana Luísa, minha irmã caçula. Ela foi direto para os brincos, analisou-os com eficiência, encomendou no balcão água oxigenada e pomada analgésica, mas teve que ir ao banheiro — empreitada que não dá para adiar quando se está grávida.

Apareceu uma mulher de uniforme azul.

— É você que quer furar a orelha?

— Sou, mas minha irmã está no banheiro. Não é melhor esperar por ela?

— Por quê? As orelhas são suas...

No cubículo onde se aplica injeção, sentei-me num banco de três pés e recebi um espelhinho para checar a medição — dois xis feitos com Bic vermelha.

— Está bom assim?... Agora não se mexe, tá? Vou encostar a pistola... Pronto, já acabou.

Quando voltou do banheiro e me viu de brincos, Ana Luísa, que é mãe do Felipe e agora espera o Henrique, abriu um sorriso.

— Você está parecendo uma garotinha.

Garotinha? Então valeu.

Não sou Jennifer

Liguei para pedir um vídeo. "Temos vários lançamentos. Filme com Al Pacino, Gene Hackman, John Travolta ou Jennifer Aniston", listou o rapaz da locadora. "Ai! Jennifer Aniston, não!", respondi. "Ela é tão perfeita!" É, tô deprimida. Entro no oitavo dia de confinamento em casa por motivo de (falta de) saúde, passo as noites em claro tossindo, não perdi o apetite (pareço aquelas cantoras de ópera robustas que continuam robustas na cena da morte por tuberculose), que droga!, e o cara me sugere um filme com Jennifer Aniston?

Tô deprimida. Mas podia ser pior, o seu personal computer podia de repente se recusar a botar acento circunflexo em "to", e ainda existe a chateação máxima daqueles sublinhados em vermelho debaixo de toda palavra que o Microsoft Word não conhece. Esse Microsoft Word é uma anta. Só perde para mim, que não bastasse não ser casada com Brad Pitt não sei lidar com um computador doméstico.

Peguei um táxi na quarta-feira para ir ao médico.

— Por favor, para o Leblon.

— A senhora pode me mostrar o caminho? É que comecei na praça tem uma semana.

— O senhor pega a praia. A praia o senhor conhece, né?

O que fazer numa situação dessa? Só abrir a boca para dizer em frente, à esquerda e à direita. Mas a depressão me deixa num humor do cão.

— O senhor sabia que em Londres o motorista de táxi tem que fazer vestibular e decorar todas as ruas para poder dirigir?

Desço do carro no Leblon, mas não antes sem dar uma espinafrada no homem:

— Se eu fosse o senhor, arranjava pelo menos um desses mapas para turista e decorava os bairros.

Saltei impaciente uma quadra antes do prédio do médico. Quando pisei no elevador, senti o friozinho de quem vacilou: tinha esquecido as radiografias no banco do táxi. Depois do espetáculo que dei, duvido que o motorista devolva as radiografias, pensei. Pois não é que ele conseguiu achar a minha rua e deixou os envelopes na portaria? Deve ter consultado um mapa. (Viu o mau humor? Recebi um tapa com luva de pelica de um ex-desempregado e faço piadinha.)

Depressão me tira a perspectiva. Guerra no Iraque? E eu com isso? Sou do tempo em que guerra era coisa sigilosa e realmente mortal. Hoje ficam anunciando que vão explodir isso, vão explodir aquilo e nem ao menos jogam uma bomba de verdade. O Bush é um caipira! E a foto do Saddam com os filhos? Nem um banho de loja resolve. Saudades do Clinton, saudades de Churchill.

Depressão me dá fome. E o que NÃO me dá fome? Mas na fase deprê os desejos ficam esdrúxulos. Ou criativos, você escolhe. Janto maçã verde com queijo branco porque sou um ser racional. Então, uma hora depois pego aquele potinho lindo que comprei na viagem com Luiz Carlos a Buenos Aires e o encho de: vichyssoise, farofa de passas, arroz, mel de trufa branca e azeite Borges, da linha El Bulli, com pedacinhos de azeitonas pretas. Não sei, falta alguma coisa. Acrescento a couve-flor ao molho branco do almoço.

Depois dessa vichy tresloucada, outra boquinha: uma caixa de bombons de avelãs e um pedaço nada elegante de goiaba.

Depressão me tira a censura. Normalmente sou de uma compostura ímpar, principalmente quando visito as obras no apartamento novo. Acho que a sobriedade vai impor respeito e fazer a reforma andar mais rápido. Sete meses depois, está quase tudo pronto. Fui ver a instalação do closet no quarto.

— Nossa, está lindo! Mas não posso engordar, senão depois não passo nesse corredor.

— Que isso, é exagero seu — disse o mestre-de-obras.

Continuei checando os avanços. Os três pontos de "luz do luar" em cima da banheira, o dimer para outros pontos de luz no quarto, o piso fresquinho...

— Está ficando bárbaro, não é? Se eu fosse homem podiam suspeitar que estou preparando uma alcova para a caça.

— Hoje as mulheres têm os mesmos direitos — argumentou o mestre-de-obras.

— Grande coisa! Para caçar quem?

A onda deprê vai passar, sempre passa. A única diferença concreta é que talvez até lá eu não tenha mais orelha furada. Inflamou, dá trabalho, fico sem paciência.

Aposto que Jennifer nasceu de brinco.

Sexo e Cadeiras

A vida ora retrocede, ora avança, mas algumas coisas não mudam: os limpadores de pára-brisa pouco evoluíram desde o Ford Bigode, os eletrodomésticos de hoje não são mais resistentes que os de ontem, as mulheres continuam gostando de receber flores e jóias, os homens continuam gostando de sair para beber só com homens, e encontrar uma cadeira confortável ainda é das coisas mais difíceis do mundo.

Não é de espantar que o planeta se divida entre os que se sentam no alto e os que se agacham. Muitas culturas tentaram, desistiram e voltaram a sentar-se no chão. Sobrou para mim: Paulo Bopp, amigo e arquiteto, disse que minha sala vai precisar de quatro exemplares que sejam ao mesmo tempo cadeiras de estar, de jantar e de trabalho. E agora?

O que sei sobre cadeiras — os egípcios as usavam, os gregos as aperfeiçoaram — é pouco. Li que a chaise longue do século XVIII incentivava a camaradagem. E o sexo. Os sofás eram largos para acomodar as roupas volumosas da época, as pernas puxadas para cima, os braços caídos para trás, os suspiros dilatados.

Na África do Sul, vi num mercado de rua umas cadeiras frias, feias e duras de madeira com assento e encosto em ângulo de 90 graus, entalhadas com desenhos de bichos. Disseram-me que eram originais do Zimbábue e feitas para transar. Até hoje, com 30 anos de experimentação de cadeiras, só conheci três perfeitas: a da mesa de jogo da casa de vovó (o encosto abraça os rins), a clássica "poltrona do papai" (sempre grandona e desajeitada) do Harvard Club de Nova York e a espreguiçadeira de Ferdinand Porsche, numa loja em Milão.

Pensando bem, o banco do meu carro também é muito bom.

E porque o tema não me sai da cabeça, a primeira coisa que reparei no jantar com uma amiga no Cipriani foram as cadeiras. Depois notei dois homens nadando na piscina em frente. O grisalho de calção vermelho saiu antes da água, vestiu o roupão branco do hotel, tirou o calção por baixo e o torceu, e calçou os tênis.

— Tirou calção e ainda torceu? Ou é europeu ou americano.

— Só falta ser gay.

— Com aquele tênis preto antiestético? É homem.

O outro emergiu da piscina de sunga preta e foi logo enxugar as axilas, a virilha e o bumbum.

— Essa cadeira, o jantar, a vista... Que delícia.

Silêncio sem homens. Até que a amiga me chamou a atenção.

— Olha lá! Aqueles braços cortando o azul-turquesa. Tem coisa mais sexy que esses braços fortes invadindo, conquistando as águas?

— Tá inspirada, hein? Mas não dá para ver a cabeça.

— Ou ele é careca ou está de touca.

— Os carecas têm seu valor.

— Ele respira a cada quatro braçadas. Que pulmões!

Continuamos apreciando o espetáculo, fantasiando sobre aquele homem nadando contra a luz do luar e dos holofotes, até que ele saiu da água.

— É uma mulher!

— Ai, não!

— É sim, olha os peitos.

— Não era careca, era touca...

— E agora está tirando... É, cabelos longos e pretos.

— Imaginação fértil dá nisso.

Ficou aquele silêncio frustrado e cúmplice.

— Aqui diz queijo taleggio com mostarda de pêra e perfume de trufas. Como é esse taleggio?

— É meio fundido, é o reblochon italiano, uma delícia! Mas sou suspeita, adoro queijo.

— Então você pede o queijo, eu peço a sobremesa, e a gente divide.

Silêncio relax.

— Tô aqui imaginando uma coisa. Aquela cadeira do Zimbábue... Você experimentou?

— Eu sofro da coluna.

Sex and the City

Vira-e-mexe alguém me perguntava: "E aí, tá vendo *Sex and the City*?". Sim, não perdia um episódio no Multishow, mas acho que não gostava do programa — ele é inteligente demais e chato demais. E não vá pensar que é dor-de-cotovelo, viu? A personagem que narra os encontros e desencontros de quatro mulheres em Nova York é jornalista, solteira e escreve sobre o cotidiano das mulheres solteiras. Eu também. Só que ela é loura e magra, e anda com uma sandália Ferragamo como se estivesse de Havaianas. Ai, que raiva.

Carrie é a jornalista cuca-fresca, uma contradição em si. Samantha é a relações-públicas quarentona que adora sexo e pratica muito — ela é o ídolo da minha irmã do meio, que mora na Flórida, nunca foi muito de acompanhar séries na TV e hoje tem todas as fitas do seriado.

Charlotte é a dona de galeria de arte que não gosta de sexo oral. Miranda é a advogada que vive namorando caras mais novos.

Existe um ponto em comum entre essas moças e a maioria das outras, reais, que eu conheço: é o detalhe bobo que mata a relação. No caso de Charlotte, o noivado com um belo rapaz de família terminou na hora de escolher os pratos para casa — ela queria louça no estilo provençal, ele preferia o clássico americano. Uma amiga minha não marcou um segundo encontro porque o homem não sabia como era a bandeira do Canadá. "Se fosse a Polícia Montada do Canadá, tudo bem. Mas a bandeira?", argumentou.

— Acho o programa a sua cara. — Ouvi de uma colega de trabalho.

A minha cara?

Carrie, Samantha, Charlotte e Miranda só aparecem bebendo. Não têm que se preocupar se os figos estão maduros, se falta presunto na geladeira ou se deixaram de pagar ao porteiro o combinado para lavar o carro. Carro? Elas andam de metrô de dia e de táxi à noite. O único carro que apareceu no seriado foi um conversível usado para levá-las à casa da amiga rica no subúrbio. Como se eu fosse daqui a Itaipava com vento nos cabelos — passando na ida e na volta pela Linha Vermelha.

A única preocupação de Carrie, Samantha, Charlotte e Miranda é encontrar o homem ideal para se casar. Elas não têm a revisão dos 15 mil quilômetros do carro chegando. Não precisam decidir qual é a melhor lâmpada para instalar em cima do espelho — individual, tubular, quente, fria, móvel, fixa? Não sofrem com a questão premente e latente que dá insônia constante: começar um regime sério amanhã, senão daqui para frente vai ser ladeira abaixo. Suas roupas para sair já não cabem — o queixo duplo é o ponto forte da família —, você já está sendo olhada com aquela simpatia íntima que os gordos atraem.

Antes e durante, o regime é acompanhado de dúvida massacrante — e se eu emagrecer, mas o mundo não ficar cor-de-rosa? E tome remédio para depressão.

Depressão? Para elas dura um segundo, afinal tem tanto homem alto e solteiro em Nova York, não é mesmo? E mais não sei, porque os homens do seriado não se manifestam, o falatório é todo de Carrie, Samantha, Charlotte e Miranda.

Aliás, falta amizade com homens em *Sex and the City*. Estranho. E triste. O que seria da gente se não houvesse o Pedro para avisar que abriu um bar ótimo perto de casa? O Flávio, convidando para uma festa com bela pista de dança no Alto da Boa Vista? O Márcio, que vai a todos os lançamentos de filmes e avisa o que vale a pena ver e o que não vale? O João, para tirar sua insegurança sobre unhas pintadas?

Porque os homens têm uma bondade, uma filosofia e um humor só deles. Por mais que Carrie, Samantha, Charlotte e Miranda sejam liberadas, companheiras, espirituosas e desbocadas, nada se iguala às tiradas masculinas. Como a da unha pintada... Perguntei ao João se ele achava feio mulher de unha pintada, a exemplo de um conhecido meu que disse que unhas com esmalte pareciam dez baratinhas indo em sua direção. João comentou que ia repetir o que ouviu certa vez do nosso amigo Dapieve, olhou para os lados para se certificar de que não chocaria ninguém e respondeu:

— Quem fode com esmalte é acetona.

Homens

Éramos quatro: Laura, carioca e jornalista; Ingrid, alemã linda que corre o mundo fotografando hotéis de luxo; Paula, minha prima que vive em Mônaco; e eu. Comentei que gravava os capítulos da novela das oito para não perder o Matheus dizendo moglie mia. Foi o suficiente. Quando me dei conta, elas já faziam um simpósio sobre as virtudes e os defeitos dos homens estrangeiros.

Nada muito científico, espero. Prefiro crer que tenha sido uma despudorada troca de impressões.

— Quero ir para a ilha de Páscoa, porque lá os homens olham para a gente. Na Europa, ninguém mais olha para ninguém. Tenho uma amiga que desceu do avião na ilha de Páscoa, o nativo olhou para ela e disse: eu quero esta mulher. Estão casados há vinte anos.

— É. Tem que puxar pelo cabelo.

— Isabel Allende disse num livro que o homem que dá o melhor marido é o judeu americano divorciado.

— Só sei dizer que a Itália para mim foi uma decepção. Esse papo de o italiano ser o homem mais bonito e charmoso é besteira. O homem italiano é aquele que te olha com cara de fome, usa um treco meloso no cabelo, passa o domingo na frente da TV vendo futebol, e ainda de camisa aberta para mostrar o peito cabeludo com o cordão de ouro. É o eterno filhinho da mamãe. No fundo, eles acham que se for para casar e ter que ajudar a mulher em casa, seria melhor ter ficado com a mãe.

— Que horror! Italiano é deus. Eles olham, assobiam, puxam conversa, dizem que você é linda. Tudo bem, a cantada é um esporte para eles. E daí? Continuo com os italianos; eles são profissionais. Seja por uma semana, um dia ou uma hora, eles te fazem sentir a mulher mais incrível do mundo.

— Pode ser. Mas nada de ficar dizendo que sou inteligente. Não quero que digam que sou inteligente, quero que elogiem o meu corpinho.

— Agora, falando sério: os portugueses foram os homens mais encantadores que já conheci. Os do Porto, então, são os homens mais finos do mundo.

— E os franceses são os mais chatos do planeta. O francês é mal-humorado, mal-educado e, cá entre nós, a língua francesa só fica bem na boca da Carol Bouquet. Na boca do candidato a homem sempre tem um ar meio gay. Além disso, francês adora terno colorido, laranja, vinho, verde, amarelo, com uma gravata pior ainda. Vocês imaginam o Antonio Banderas andando pela rua de terno laranja, gravata do Piu-Piu e cabelo oxigenado? Outro problema do francês é se achar muito intelectual. Se você perguntar se ele ficou feliz de ser campeão do mundo pela primeira vez, não vai conseguir arrancar dele um sim ou um não. Ele vai fazer um discurso de trinta minutos sobre a influência do futebol na cultura de massa...

— Eu prefiro norueguês básico. Eles são lindos, grandes e saudáveis. Acho que nunca viram uma gripe. Não sei se é o leite, o salmão ou a acquavit. Eles se vestem de forma normal, o que nesse caso é um elogio, e, algumas vezes, são bastante formais, o que para mim é definitivamente um ponto positivo. Agora, se vocês esperam ouvir cantada na rua, esqueçam. E não estou falando de mim, não, estou falando daquelas deusas louras de capa de revista. Por isso, quando você ouve um elogio, vale mais do que qualquer outra coisa que você já ouviu. Talvez falte a eles um pouquinho de sal, mas aí seriam perfeitos demais.

— Só ouço falar muito bem dos chilenos, sabiam?

— Assino embaixo. Saí com um chileno em Santiago. Ele vinha me apanhar no hotel, sempre de terno, e íamos jantar e dançar. Numa noite, ele parou no meio de uma daquelas highways enormes. Pronto, pensei, homem é tudo igual: ou ele é tarado ou parou para fazer xixi. Pois ele saiu do carro, pulou um canteiro e voltou trazendo uma rosa branca para mim.

— Isso porque vocês não conhecem os ingleses.

Fomos interrompidas, a conversa dispersou e acabei não sabendo o que ela achava dos ingleses. Pena, porque estou indo para Londres na segunda-feira.

Rapidinhas

PODIA SER PIOR:

A água potável está rareando e a água da pia anda um nojo, eu sei, mas já foi tudo bem pior: imagine bombear poços, carregar baldes, tomar banho de gato... É com essa água — confiável ou não — que a gente aproveita o bidê (minha avó materna matou de susto os vizinhos na Park Avenue quando mandou instalar um bidê no banheiro, e isso não foi nos tempos de Jane Austen, foi ontem, na década de 80), usa gilete e ingere pílulas, a maior das invenções: para dormir, para acordar, para namorar.

É TORCER:

Falta homem, será mesmo? Ou é a temporária incompetência feminina para enxergar, acompanhar, gostar? Tudo bem, os números não mentem. Então, é torcer, fazer macumba e invocar os deuses para que pinte um homem em nossa vida porque — já ensinava uma tia-avó muito fina, adepta dos eufemismos, incapaz de pronunciar palavras como fedor, chulé, bodum e sexo — quando o negócio é para ser bom, é uma maravilha.

SOLIDÃO:

Sim, constrange ir sozinha à reunião de fim de ano, quando os amigos, felizes ou não, estão t-o-d-o-s casados.

Dá vontade de chorar quando a tampa do vidro de picles não abre de jeito nenhum.

A gente se sente uma criança rendida quando tem de pedir ao porteiro para abotoar nas costas o vestidinho preto básico.

É brega, reconheço, mas tem coisa melhor do que ter alguém te esperando no desembarque da ponte aérea?

LIBERDADE:

Poderia consultar sociólogos e psicólogos sobre a dualidade de ser e estar livre, mas vamos pular a teoria. Na prática, a liberdade é a glória.

E o risco. Pegar a estrada à noite — sem ter que avisar ninguém — para se juntar à amiga em Minas e, na hora, procurar e fazer figa para encontrar uma pousada.

O luxo. Jantar num cinco-estrelas na única mesa só de mulheres e fazer bonito na hora da gorjeta. Afinal, a gente trabalha muito para quê?

Viver o ridículo. Dizer phoda-se (com ph, para ficar chique) para a cena que pai ou tio descreveu certa vez e calou fundo: "Tem coisa mais triste que mulheres solteiras numa mesa de bar fumando, bebericando caipivodca e falando de astrologia?". Hoje, vejo que o comentário foi o de um invejoso. Falar de astrologia num bar é divertidíssimo, em especial se uma das convivas acabou de fazer pela primeira vez seu mapa astral, meu caso.

— Já sabia que era Leão com ascendência em Peixes, mas agora descobri que tenho Lua em Virgem.

— E isso é bom?

— Se é bom, não sei, mas ajuda muito. Tudo em mim que eu achar cricri, boto a culpa em Virgem. Tudo de audacioso, empurro logo para a Lua. Resgato o Leão para a auto-estima: ele é apaixonado e forte. Se não souber classificar, evoco Peixes.

— Por quê?

— Porque o pisciano tem uma incrível plasticidade psíquica.

— Sei...

— Mais uma caipivodca? É o meu lado Lua chamando...

O Ponto G do Cérebro

Encomendei à minha irmã que mora nos Estados Unidos o livro *Living with our Genes*, curiosa que sou sobre a ciência da personalidade, o comportamento social e o destino genético. Na verdade, quero mesmo é saber se posso vir a melhorar com a idade — quem sabe herdar tardiamente algumas das virtudes de meus pais. Bem, até agora (página 40), os autores são pródigos em dar exemplos com ratos.

Mesmo — ou talvez por isso — cercada de exemplos com roedores, consegui encontrar uma brecha para a lei do assim-é-se-lhe-parece. Foi só os autores citarem um neurotransmissor da excitação mental, a dopamina, para eu imediatamente justificar nobremente um de meus vícios. Ora, se o ponto G do cérebro é responsável pela descarga de prazer depois do bom sexo, da ótima refeição e do uso de cocaína e de anfetaminas, estou bem. Não preciso mais me culpar por gostar de comer. Não tem contra-indicação (anfetaminas), não estimula a violência (tóxico), e não depende da colaboração e do entusiasmo de outra pessoa (bom sexo).

Nada mais de ouvir calada que a gula é ansiedade — gosto de comer quando estou triste, feliz, serena ou agitada — ou que sou vítima da tirania da moda, que não admite pneuzinhos na altura da cintura. Bobagem. Sofro é de excitação mental. Não ver a hora de provar o novo cardápio de Claude Troisgros só pode revelar nobreza de espírito e de intelecto. Tartelette de funghi ao óleo de trufas brancas. Pargo crocante com berinjela confite ao vinagre de xerez e mel. Escalope de vitela francesa com cogumelos morilles e ravióli recheado com purê de inhame. Em tudo e por tudo, gostar de comer faz bem à alma e à pele — não conheço vegetariano que não seja triste ou amarelo.

Spa

Troquei duas semanas em Milão por um spa. Menos por economia do que por asnice, inscrevi-me em quarto duplo. Para quê! Não tinha Carolina Ferraz, não tinha Luma de Oliveira: minha room mate era a mulher mais linda que eu já tinha visto. Esse grand canyon, essa niagara falls, esse taj mahal desfilava pelo quarto metida em lingerie da Victoria's Secret. Tinha ido ao spa para descansar dos dois filhinhos e do marido, piloto de corrida que ligava toda noite.

Para ser simpática, ofereci-lhe a Bíblia que encontrei na gaveta da cabeceira. Foi a deixa para que ela passasse 15 dias tentando me aliciar. De nada adiantou contar que repeti três vezes o catecismo e que igrejas me dão falta de ar. Quando tudo indicava que teria as duas semanas de maior provação de minha vida — jejum alimentar e abundância de versículos —, veio um raiozinho de luz.

Depois de quarenta minutos de caminhada, uma hora de ginástica, outra hora de hidroginástica, e o dia todo em dieta líquida, o médico diagnosticou falta de resistência, pressão baixa e taquicardia. Prescrição: nada de exercício físico (com exceção de aproveitar o mar) e mais 200 calorias por refeição. Resultado? Meus dias eram passados na varanda, a ler, ler e ler. Descobri que o nome Ana Cristina quer dizer graciosa donzela que segue o Senhor. Que o número oito (dia e mês de meu nascimento) é o número do equilíbrio cósmico. Leão, meu signo, exprime a alegria de viver, a ambição, o orgulho e a elevação. Mas meu estado de espírito estava mais para a descrição do signo ascendente. Peixes simboliza o tenebroso mundo do psiquismo, "através do qual se faz a comunicação com o deus e com o diabo".

Um garoto passou e perguntou se eu já tinha tomado o café-da-manhã. Respondi que não. "Você perdeu", disse ele. Minutos depois, foi a vez de uma senhora dizer que sentira minha falta no café-da-manhã, e acrescentar: "O café estava ótimo." Quando uma terceira pessoa ressaltou a qualidade do café-da-manhã, resolvi saber afinal o que houvera de tão especial.

Teve gergelim na torrada...

De Luto

Muitos filósofos, conversas de botequim e sessões de análise depois, vem a certeza de que a gente se conhece. Rá, rá. Pensei que fosse uma mulher comum — tensa, estressada, píssica, nervosa, insegura e com planos de começar dieta na segunda-feira —, cujo único diferencial fosse meu total controle sobre o inexplicável impulso do consumo. Rá, rá.

Sou — era — prática. Não raro, compro quatro blusas do mesmo modelo, só variando a cor, porque me caem bem, assim fica mais fácil combinar as peças, enfim é a coisa mais sensata a fazer. Outras vezes, levo dois modelos iguaizinhos para não ficar órfã se eles deixarem de ser fabricados. Claro que nunca quis pesquisar se isso seria traço de uma natureza obsessivo-compulsiva, não sou boba de arriscar.

Mas também sou — era — afeita a ímpetos grandiloqüentes, sabe como é: usar sempre o sapato mais confortável possível, estilo alpargatas, enquanto nas férias me deixo seduzir facilmente por um Bally, um Ferragamo, um Manolo. Meu reino pelo melhor couro é — era — o meu lema.

Então, mês passado, em apenas três dias, estourei cartão de crédito e cheque especial. Explicação para isso existe, desconfio que tenha sido meu jeito de externar saudade. Desconfio, certeza não dou, porque foi a primeira vez que vivenciei a experiência do luto.

— Foi sua forma de preencher um vazio — psicologizou uma amiga.

Talvez. Mas podia ter sido com Muranos, Laliques, Baccarats. Por que não um cachorro? Um freezer cromado para combinar com a geladeira? Quinze dias num spa? Em vez disso, foram roupas para os sobrinhos, um estoque enorme de essência francesa de cedro para perfumar a casa e um relógio pavoroso. Qual é a lógica?

Roupas para os sobrinhos dá para entender. Quando se ama, é um presente dar presente. Essência de cedro tem sua razão: é mato, terra, atávico, vital e muito cheiroso. Mas e o relógio horroroso?

Para você ter uma idéia da monstruosidade, minha avó ligou no dia seguinte ao que me viu com ele e quis saber:

— Aquele relógio que estava usando ontem... você ganhou ou comprou?

— Comprei — respondi.

— Então vou com você trocar.

Assim, na lata, sem meias palavras.

Cheguei a ficar ofendida. Mas foi só dar uma olhada nele para cair em mim: era o relógio mais feio do mundo — correia de couro azul-bebê e mostrador com nuvenzinhas sobre um céu azul... bebê.

Tem lógica? Tem que ter — recuso-me a admitir um surto de mau gosto. Para as nuvens é fácil, nada que um latinzinho não decifre: *nebu* (nuvem), *nebulosu* (nebuloso), confuso, sombrio, triste.

Mas o azul-claro exigiu pesquisa, iniciativa sempre perigosa, reza o ditado popular: quem procura, acha. Na simbologia, azul é a mais fria, profunda e pura das cores. Não estando em lugar nenhum a não ser em si mesma, sugere uma idéia de eternidade tranqüila e altaneira, que é sobre-humana. Enquanto o verde dá uma impressão de repouso terreno e de contentamento com você mesma, o azul tem uma gravidade solene que evoca a idéia de morte. As necrópoles egípcias eram revestidas de um reboco azul-claro.

Parece confuso? Mara, a amiga que morreu e me deixou de luto, daria um jeito nisso. Ela diria:

— Deixa de ser besta, Ana Cristina. Vai aproveitar a vida.

Terceiro Milênio

Sempre ouvi falar da crise dos 40, tanto quanto que a vida começa aos 40. E dos 30 anos, que se fala? Não tem cursinho, não conheço provérbios, ninguém me preparou para os 30. Só isso para justificar o que vem acontecendo comigo: comprei minha primeira roupa dourada, vou ter aulas de jardinagem, quase entrei para um bloco de carnaval e tive consulta com uma taróloga.

Grande coisa, dirá você. Pois para mim são detalhes de arrepiar. As roupas douradas, para começar. Não foram só calça, bustiê e casaquinho. A compra incluiu um par de sandálias douradas de salto 6,8 (eu medi). E sabe o pior? Achei que ficou tudo ótimo, levando-se em conta que suprimi mentalmente uns 5 quilinhos quando provei o modelito na loja.

Um dos meus receios sempre foi o de me aventurar no desconhecido, gostar e não ter volta. Já diz meu querido e sábio pai: “Há duas coisas na vida que nunca provei com medo de gostar: roubo e tóxico. Quem prova não larga.”

Percebe a sutil analogia? Tudo começa com um bustiê dourado, emenda no temperamento do tipo roda-a-baiana, segue com um cordão no pescoço estilo coleira e, mal me apercebo, viro caricatura, perco a fama e a fleuma de inglesinha.

Inglesa, amante de rosas, rosas precisam de cultivo, por isso a jardinagem. Right? Wrong. O que eu queria era um curso para identificar árvores, nos moldes daqueles encontros para observar pássaros. Fazer o quê? Gosto de árvore. E como não encontrei o curso que queria, o jeito são as aulas de jardinagem.

Abstraída entre roupas douradas e canteiros floridos, segui outro impulso (impulsividade é sintoma dos 30, tenho certeza) e marquei consulta com uma taróloga.

No dia, ela só me perguntou duas coisas: o primeiro nome e a idade. Cartas na mesa, o que vi foi uma mulher muito bonita e articulada que interpretava as imagens do baralho com uma confiança de arrepiar. Estreante no assunto, ouvi tudo placidamente, até o momento em que ela soltou um suspiro, fixou os olhos em mim, apontou umas três cartas e disse:

— Está vendo estas cartas aqui? São as piores do tarô.

Gelei.

Ela continuou:

— Elas estão concentradas no mesmo campo, o do afeto e do romance.

Grande novidade. Eu estava mesmo pagando para ouvir aquilo?

Ela prosseguiu. Disse mil e uma coisas que não vou revelar aqui. Prezo muito a privacidade, você sabe. Mas um ponto me chamou a atenção. A taróloga afirmou que o romance da minha vida vai "surgir tarde", "o tarô não prevê o tempo, mas eu acredito que daqui a uns cinco anos", e quem vou conhecer — em resumo, porque não quero revelar o ouro — será um homem separado, mais velho e "pão-duro, mas no bom sentido".

Como assim?

A taróloga explicou:

— Ele é o tipo da pessoa que gasta bem menos do que poderia.

Assim que saí de lá, liguei correndo para o Luiz Carlos. Comentário do amigo:

— Veja se eu entendi bem: você vai esperar cinco anos para namorar um homem velho e pão-duro?

Amigo morde. E também sopra. Ele me apoiou quando lhe contei do impulso de me juntar a um bloco carnavalesco chamado Bonitinha mas ordinária. Bonitinha e ordinária, o sonho de toda mulher séria. Mas o plano não vingou — as amigas voltaram atrás na idéia e agora o prêmio-consolação é ver os desfiles de um camarote.

Enquanto o carnaval não chega, vou freando os impulsos. Sem sucesso. Sabe a noite em que o corpo pede ar-condicionado mais cedo, mas você insiste e sai com os amigos? Então, um deles avista aquela velha conhecida maluquete e irresistível que já namorou meio Rio de Janeiro. Um dos amigos sugere fingir que não a vimos, para não perder a reserva no bar. Eu insisto:

— Vamos lá! É só um minutinho.

Impulsiva, fui logo perguntando pela vida amorosa da moça.

— Ih! Não sou mais disso.

Como assim?

— Sexo é coisa de pobre. Todo aquele suor, toda aquela ação. Está démodé. Em Londres, ninguém mais faz.

E se a moda pega? Ninguém me preparou para o terceiro milênio.

O Vizinho

A impressão que me avassala, quando sobra tempo para pensar, é de angústia: Deus, devem existir um, dois, três homens interessantes morando aqui mesmo na minha rua, e não os conheço. A probabilidade de vir a encontrar um deles, se tanto, é igual à chance de ser sorteada para uma quinzena na Toscana.

De minha janela vejo uma sala com chão de madeira corrida, livros e caixas empilhadas entre a cozinha e a porta social, e uma sólida estante aparelhada com som. Dá para ver também um pé masculino. Um só, não o par. O homem deve estar deitado num sofá, um dos pés descansando em almofadas, o outro apoiado no encosto. É um pé comprido, esculpido, belo. As caixas empilhadas me dizem que ele ou é muito preguiçoso ou acaba de se mudar para o prédio em frente. Prefiro a imagem de um vizinho novo.

Será que ele viu o filme de quarta-feira na TV e também achou que o McGyver grisalho está a cara de um irmão de Clint Eastwood? Será que ele gosta de Frank Sinatra? Já ouviu Sidney Bechet? Será que conhece o Quadrifoglio? Seria ótimo ir visitar a chef Silvana Bianchi e comer um ossobuco.

God, iria afugentá-lo com essa tagarelice. Mas o pé continua lá. Quem sabe a melhor tática de aproximação seja dividir com ele minha última fixação. Sempre gostei de ossobuco, mas agora nem ligo tanto para a carne, hoje o desejo é pela gordura que vive dentro do osso da canela do vitelo, ou do boi.

A obsessão é tamanha, que venho sonhando com uma receita de tutano que provei nas férias. O sonho é fidelíssimo. É domingo de sol no Bois de Bologne e a mesa no Pré Catelan fica ao lado da janela. Um calor morno cobre minhas costas, distraio-me contando o número de garçons, sem pudor de achar ótimo o que me cerca: o floreio das sancas, a alvura dos lustres, as portas de vidro, o verde-abacate das paredes, o vermelho e o branco das tulipas lá fora.

O décor fidalgo é sacudido com a chegada do prato de entrada. Montados numa lâmina grossa de vidro, os ossos largos e altos da canela de vitelo vêm cercados de salpicos verdes — salsinha, manjericão ou pó de rúcula? O conjunto parece uma receita nouvelle cuisine feita por Fred Flintstone. Tem igualmente um apelo atávico, meio hominídeo, meio carcaça, meio início de tudo. Dentro dos ossos, equilibrados em camadas, tutano quente, creme de ervilhas, cogumelos morilles e lascas de parmesão. Lascas diáfanas que têm a elegância de não derreter por completo, só o suficiente para se moldar às pregas dos morilles. A obra faz carinho no céu da boca, beija a língua e se dissolve na alma.

Oh, God, transbordando delírios gulosos, acabo afugentando meu vizinho. Certa feita um amigo me descreveu como o retrato da solidez pagã. E ele não se referia a predicados de alcova, não tivemos este prazer. Acho que quis dizer que tenho, literalmente, cara de gulosa. Oh, God.

Talvez o vizinho prefira a modernidade mundana. Estaria perdida. Não tolero música tecno, não consegui tempo para ver qualquer dos filmes da Anima Mundi e até hoje não segui o que o Mister M apresenta no *Fantástico*. Será que o atraem as teorias futuristas? A previsão de que logo, logo, ninguém vai precisar de coisa alguma, ou de pessoa alguma, porque tudo e todos vão estar na internet. Ou a teoria dos que insistem em nos convencer de que somos todos bissexuais frustrados? Poupe-me.

Na dúvida, volto ao ossobuco quando penso no vizinho. Pesquisei três versões para o prato, poderia experimentar aquela cujo arroz leva tutano. E me aventurar a convidá-lo. Agir como nos filmes. Descobrir o telefone, ligar e convidar para jantar. Restará coragem?

Vou à janela para espiar. Entrevejo os livros, as caixas amontoadas e o chão bem encerado. O vizinho sumiu. Vai ver ele saiu com uma vadia, que nem cozinhar sabe. Ou talvez o vizinho não goste mesmo é de ossobuco.

Manjericão

Você emagrece três quilos, veste a blusa com toques de brilho que ganhou de aniversário e vai para uma noite de autógrafos em que encontra parentes e amigos que pouco vê, porque, você sabe, todo mundo trabalha muito, chega em casa cansado e a inércia sempre vence. Aí está, conclui você, a ocasião perfeita para reatar os laços e matar as saudades. Mas descobre rápido: não é bem assim...

Quem começa é a tia queridíssima. E de bom gosto.

— Você está linda. É o amor? Está apaixonada? Como? Não está namorando?

À tia junta-se a voz de uma amiga zelosa.

— E o seu vizinho, o que aconteceu com ele? Fechou as persianas? Sério?

A amiga da amiga faz um aparte:

— Você é jovem, ainda vai encontrar alguém.

Fujo para outra roda de conhecidos. Com alguns, a promessa de trocarmos e-mails; com outros, o propósito de nos telefonarmos para combinar aquele cineminha no fim de semana. Num instante, toda a emoção de rever gente querida fica demais. Todo o desejo de levar adiante os planos de outros reencontros causa aflição. Por que gostar dá angústia?

Procuro refúgio num canto pouco seguro — ao lado de um moreno bonito de doer, velha paixão de adolescente. Ele conta que anda atrás de um livro de ervas na cozinha. Sabe como é: passou a ter interesse por gastronomia, anda cozinhando nos fins de semana e até comprou uma daquelas panelas francesas pesadonas. Até aí, agüentei firme. Mas quando o rapaz me disse que seu canteiro de manjericão resistiu à intempérie e continua viçoso, saí correndo. Isso já é tripudiar.

Embalada pelo burburinho feliz de gente que se gosta e que não se via há tempos, entrei em choque. Nada apoplético, era mais um torpor delirante, maneira pomposa de dizer que sonhava acordada, recordando uma viagem recente à Itália. Na lembrança, volto à varanda do quarto de hotel nas cercanias de San Giminiano e sinto o cheiro dos arbustos de manjericão. Ok, não eram arbustos, estavam mais para mato rasteiro, mas a imagem de arbustos fica melhor.

Estou na noite perfumada a manjericão, derretendo-me com a visão de ciprestes enfileirados na colina, quando a amiga companheira de viagem surge na varanda para me convocar: "Vamos ao bar conhecer os outros hóspedes." Depois de uma hora a folhear revistas, uma hora de tentativas frustradas de aproximação, aceitei o inevitável: todos os outros hóspedes eram casais em lua-de-mel que solenemente nos evitavam. Levei mais dois segundos para compreender que o gelo era discriminação: os outros acharam que nós duas éramos um casal.

Se era para ser discriminada, ia ser o macho da relação. Reservei mesa para dois no restaurante do hotel. Pedi javali para mim e massinha com funghi para a amiga. O javali estava ótimo e robustíssimo, como sói acontecer com carne de javali. Conclusão: passei a noite andando sozinha ao redor do hotel para digerir a receita. Numa das voltas, um casal de hóspedes arriscou uma saudação tímida. Foi a glória. Senti-me restituída ao convívio social. Dali a pouco reencontrei o casal no jardim da piscina — eles tomando champanhe, eu bebendo um Porto. Esperançosa, ia puxar conversa quando, de súbito, apareceu minha amiga envolta em manta leve com as pernas à mostra, e disse, em voz que a mim pareceu sonolenta e para o casal deve ter soado melosa: "Já é tarde, você não vem dormir?"

O garçom toca em meu ombro e inclina a bandeja. Volto da lembrança na Toscana à noite de autógrafos. Ele oferece canapês. Um deles, ai, era de manjericão.

Solteirice Involuntária

Dose é você, aos 30 e pouquíssimos, estar fazendo ginástica para sentir-se melhor, estar comendo menos para parecer melhor, e lá vem uma pesquisa para desanimar: diz a reportagem que sexo faz bem à saúde e contribui para retardar o envelhecimento. Como se dependesse de nós. Outra pesquisa, a do IBGE, informa que o Rio tem 333.902 mais mulheres que homens.

Dose maior é receber um convite para fazer uma palestra para um grupo de mulheres. Deduzi que queriam que eu falasse sobre gastronomia ou etiqueta. Quem convidou disse que imaginara outro assunto.

— Pensei num tema que é a sua cara: "Como viver sem homem e bem." O que acha?

Recusei, e não foi por desfeita. Recusei por princípios éticos. É possível viver sem luz, sem água encanada, sem asfalto e sem homem, mas não posso mentir e dizer que se vive bem.

E quando estava com a ilusão de que o desencontro é fato geográfico, recebo e-mail da prima de Mônaco descrevendo seu sábado à noite:

"Eu e uma amiga decidimos tomar uma cervejinha em nosso bar preferido de Monte Carlo. Como aqui você encontra as mais diferentes nacionalidades, nesta noite em especial me senti na ONU. Conversei com americano, irlandês, alemão, neozelandês, sueco, e os manjadíssimos italianos e franceses. Você me perguntaria: num lugar desse não tinha alguém interessante? Para meu gosto só ficaria com um sueco, que quando cheguei já estava indo embora. De resto, usando linguagem bem popular e carioca, eu não pegaria ninguém. A única coisa que aprendi foi a contar de um a dez em norueguês, que aqui entre nós é uma inutilidade sem fim... Por isso, toda vez que você sair e achar que solteirice involuntária é uma praga carioca, lembre-se da prima de Mônaco que sabe contar até dez em norueguês, mas volta sozinha para casa sábado à noite."

Militância Hétero

Vestida de noiva, a atriz Joan Cusak, no filme *Será que Ele É*, sai de um bar e grita algo como: "Será que só existe gay neste mundo?" Para a mídia, parece que sim...

O curioso é a superdose de material atestando que os homossexuais são ótimos. Não carece — isso é fato. Já sabemos que eles são bonitos, elegantes, simpáticos, sensíveis e cultos. Palmas para o amor entre iguais; e nós, como ficamos? Excluídos da mídia — somos os aborrecidos, os previsíveis, os entediantes. Ora, ser hétero também pode ser divertido. Divertido e quase sempre inviável. E daí? Um desafio é sempre excitante. Claro, há os que argumentam que no sexo homoerótico os envolvidos sabem exatamente o que o outro está sentindo, há uma completa harmonia e identificação. Ótimo. Mas qual é a graça de saber o que a outra pessoa está sentindo?

Ser gay, hoje, parece paradoxalmente fácil: combina o sabor da transgressão com o brilho do modismo. Combatente é homem gostar de mulher e mulher gostar de homem. Bem, corrijo-me: mulher gostar de homem é fácil. Sem filosofar, penso logo em três motivos. A óbvia diferença anatômica; a habilidade para abrir latas e garrafas; e a cavidade exterior-inferior, na junção do braço com o ombro, devidamente cabeluda. Quesitos nada românticos? Cá entre nós, as mulheres são práticas.

Fiz pesquisa com as colegas para saber três motivos pelos quais elas gostam de homem. A maioria respondeu que não abre mão de homem por causa do sexo, do cheiro e da força física. Uma delas foi lapidar: "Porque é diferente de mim. Em todos os sentidos: na anatomia, nas reações, na maneira de ver os fatos e na sensibilidade." Não é uma gracinha de manifesto heterossexual?

Motivos para o homem gostar de mulher... Desta vez precisei mesmo de pesquisa. Tomo por mim: por que existe homem que deseja aturar uma balzaquiana palpiteira, branquinha, com curvas de fazer inveja a Renoir, e total desinteresse por corrida de Fórmula 1? O resultado da pesquisa? Os homens — fofinhos! — são uns heróis. Claro, houve razões funcionais: sexo, cheiro e seios. Mas, a partir daí, cada um tinha um "motivozinho" ímpar para adorar mulher. A verdade é que eles são bem mais românticos que nós. Somos para eles graciosas, indecifráveis, práticas, carinhosas, companheiras, incentivadoras e reprodutoras. Um deles foi definitivo: "Gosto de mulher porque é bom, porque é muito bom, porque é bom demais."

Esses homens são mesmo uns heróis. Primeiro, porque gostam de mulher. Tem coisa mais chata que mulher? Segundo, porque a concorrência é de respeito. Sem precisar de pesquisa, dá para enumerar de cara uns cinco rivais: a propaganda gay, a mulher burra, a programação da TV a cabo, a mulher neurótica e os joguinhos de computador. A mulher estruturada, inteligente e independente? Há que pegá-la em casa (nesse trânsito), abrir a porta do carro, agüentar seu perfume (ou seu cigarro) e ter, no mínimo, lido por alto a entrevista das páginas amarelas. Mas, homens, não desistam. Persistam, persistam!

Mr. Pinto

Tenho dois homens constantes na vida: Antônio Fidelis e Pedro Pinto. Antônio, porteiro do edifício Sabrina, é quem há 11 anos vejo quando saio ou chego em casa. Boa-praça, só fica down quando conversamos sobre as suscetibilidades do amor em tempos modernos, ou seja, as mulheres reclamam que falta homem, ele é homem e gosta de mulher, mas sua vida não está um mar de rosas.

Pedro Pinto é jornalista de esporte da rede de TV CNN. Por causa dele, acompanho até jogo de críquete — vale tudo para ver aquela carinha fofa, nariz batatudo, lábios grossos e inglês perfeito (não é de americano bronco nem de inglês fresco). Ouvi-lo pronunciar Brazil, Rivaldo, Ronaldo... é igual a beijo no cangote.

Não sei se Mr. Pinto descende de portugueses — é possível, né?, com esse nome —, se já esteve no Brasil, se gosta de filé com gordurinha na borda ou se toma cerveja. Mas ele está sempre comigo. Aqui no Rio ou num hotelzinho em Paris. Numa tarde chuvosa dentro de um pub em Londres. Ou na quente savana sul-africana, onde, enquanto os outros hóspedes se refestelavam na piscina, preferi ficar no quarto, no bem-estar de 24 graus, dividindo meus olhares entre Pedro Pinto em frente à cama e, lá fora, leões deitados em bancos de areia.

Naquela tarde — e até ontem à noite — não sabia nada sobre Pedro Pinto e achava que todo o charme era exatamente este: paixão simples por um rosto e uma voz; usando de boa vontade, pelos ombros, porque era tudo que podia ver no enquadramento da TV. Se ele fosse um comentarista político, um Arnaldo Jabor dos Estados Unidos, podia ter me encantado por seu raciocínio e suas idéias, mas ele é apresentador de esportes, e dizer que o jogo entre o Los Angeles Lakers e o New Jersey foi 110 a 108, por mais que eu goste de basquete, não é suficiente para me arrebatar.

Com os jogos da Copa passei a ver Pedro de corpo inteiro, microfone na mão, em frente a um estádio em Seul. É demais para o coração, achei que não agüentaria, mas aconteceu outra coisa para botar mais lenha na fogueira. Descobri que ele colabora no site cnnsi.com e fiquei sabendo que: a) sabe escrever; b) tem mesmo herança portuguesa; e c) é gourmet.

Ele sabe escrever, ou seja, por trás daquela carinha fofa, do nariz batatudo e dos lábios grossos, pode existir a alma de um Camões. Ai, coração.

Ele tem herança portuguesa — é Pedro mesmo quem conta, em resposta a um internauta: "Eu fui criado em Portugal, vendo e jogando futebol todos os dias durante minha infância." Você tem idéia do que isso significa? Quer dizer que existe chance de Mr. Pinto ter sido criado na cidade do Porto, terra dos homens mais cavalheiros, cosmopolitas, elegantes e firmes que já vi. Ai, coração.

E Pedro Pinto é gourmet. Precisava? Olha o que ele escreveu no site: "Uma coisa que me impressionou muito em Seul foi a comida. Eu já era um entusiasta da cozinha asiática e meu interesse aumentou depois que provei algumas especialidades coreanas. Admito que antes da viagem tive que aturar muitas pessoas me gozando, dizendo que eu ia comer cachorro todo dia, mas encontrei poucos coreanos que comem carne de cachorro. Em vez disso, do que eles mais gostam é de uma variedade enorme de sopas, nas quais incluem legumes, verduras, carne ou frango. Kim Chi, uma iguaria que consiste em repolho frio com picante tempero vermelho, é o acompanhamento oficial de qualquer prato. O Kim Chi cria uma explosão de sabores em sua boca, e deixa seus lábios dormentes por algumas horas." Lábios dormentes... Ai, coração.

Romântica, mas realista, perguntei a Marina Tasakhi, especialista em cozinha asiática e dona do restaurante Benkei, no Rio, se o Kim Chi provocaria o que o repolho cozido costuma suscitar na digestão. Marina elucidou: o repolho do Kim Chi é escaldado, não é cozido. Significa que Pedro Pinto escreve, descende de portugueses, é gourmet e não sofre de ventosidades com estrépito.

Globe-Trotter

Se promessa de beijos houvesse, somada a chorizos e gazpachos, da Espanha ninguém me arredava.

Mãe É Fogo

Já viu uma usina nuclear? A que vi era lindíssima. Uns celeiros que lembravam aqueles copos bojudos que aparecem em filmes que retratam a Idade Média. De cor creme, altos e robustos, eram três cones plantados num campo verde-garrafa entremeado de selvagens flores brancas e amarelas. Tentei sentir repulsa ou apreensão, mas a visão não podia ser mais bucólica.

Tudo bem, reconheço que eram 11 horas de uma bela manhã de outono na Inglaterra, eu tinha nas mãos uma taça de champanhe, e o sol entrava pela cabine do trem. Ok, admito que não era um trem qualquer, era o British Pullman do Orient-Express, que neste dia fazia o trajeto Londres-Bath. Ah, ia me esquecendo de contar que meu vagão, do começo dos anos 20, era o mesmo dos filmes de Agatha Christie.

Ainda assim, como eu podia achar bonita uma usina nuclear? Que falta de consciência política, que descaramento social! O único argumento a me absolver é que algumas cenas de guerra conseguem ser ainda mais fascinantes. A silhueta do soldado paramentado e cansado recortada contra o brilho prateado da explosão. O militar que se joga ao chão para evitar que a granada estoure em cima de um garoto. O tanque que levanta poeira, a bandeira vacilante enfiada no bolso da mochila do soldado, o som avassalador do ar cortado por helicópteros.

Lá fora, claridade e uns 12 graus; dentro, o calor do aquecimento e do lenço de seda com desenhos de tulipas, presente de Luiz Carlos. Baixei um dos olhos para a revista e mantive o outro nos campos que se moviam no ritmo dos filmes de manivela. A revista, com estatísticas sobre os hábitos sexuais dos europeus, estava muito ilustrativa: os italianos são os homens que menos fazem sexo (!!); as alemãs são as que mais gastam com lingerie (!!); quem melhor beija na Europa é o inglês (!!).

O garçom se aproximou para começar a servir o brunch. Mamãe veio logo depois.

— Quer trocar de lugar comigo? Estou de frente para três homens lindos.

Mãe é fogo. Pouco adianta eu ter amigos, emprego, um carro que acabarei de pagar em fevereiro e estar no terceiro copo de champanhe, quentando sol numa poltrona do *Orient-Express*, absorvida com as ovelhas a pastar nas montanhas. Todas pensam como a mãe de *O Diário de Bridget Jones* — o que falta à filha não é emagrecer e parar de fumar; o que falta é um namorado.

Em Bath, mamãe se esqueceu de bancar a cupido; entreteve-se com os banhos romanos, fincados na cidade há dois mil anos. Esperando na estação a hora de reembarcar, descansei os pés em cima de um banco e estudei nossos companheiros de viagem. Mantôs, echarpes lindas, bolsas perfeitas, peso ideal, cabelo sem um fio fora do lugar, perfume nem de mais nem de menos. Ninguém estava ofegante. Ninguém — detalhe tão mundano — devia estar com os pés cansados. O que muito dinheiro e quinhentos anos de civilização fazem a um povo.

Quem disse mesmo que inglês é fechado? Ou melhor: qual inglês resiste à minha mãe, tão brasileira, tão charmosa, tão espontânea? Ninguém a avisou que talvez os outros passageiros não estivessem interessados na foto de Felipe, neto dela e meu afilhado. Mas vivalma a impediria de estar feliz. Não sei se foi isso, ou se os ingleses passaram séculos fingindo ao resto do mundo que são frios, o fato é que ela conquistou três vagões.

De volta a Londres, mamãe sugeriu um pit-stop antes de seguirmos para o hotel. Inocência minha esquecer que ela não perderia a oportunidade de provar mais um tipo de uísque. Seu argumento era que não podíamos desperdiçar a chance de conhecer o máximo de pubs. Afinal, pub também é História.

Mamãe pediu um uísque irlandês, para combinar com o barman irlandês. Mal havíamos sentado à mesa, nova sugestão:

— Ana Cristina, quer trocar de lugar comigo? Daqui você fica de frente para dois rapazes lindos.

Linda em Paris

Não vou dar o nome do hotel e o número do quarto porque sei ser egoísta. Mas também sei ser generosa, por isso conto que o hotel é do final do século XIX e que o quarto tem papel de parede em tons de azul com cenas bucólicas — do tempo em que homem beijava a mão de mulher, criança era educada e as árvores não conheciam correntes de luzes natalinas.

Mas o melhor eu ainda não disse: o preço é possível e a paisagem dilata o espírito. Vejo as torres da Notre Dame, o Louvre inteiro, a pirâmide de I. M. Pei, o Jardim das Tulherias com a fachada do Musée d'Orsay ao fundo, a Torre Eiffel e o Arco do Triunfo. Para completar, ao lado da praça da Concórdia (que um dia teve a guilhotina), montaram uma roda-gigante ao lado do obelisco, feito em Luxor, há 3.200 anos. Podia ser over; não é.

E porque sou muito generosa, digo mais: tudo isso à noite, iluminado, consegue ser melhor do que de dia. Se não estou agora andando nas margens do Sena é porque está um frio do cão. Mas nem precisa. Sentada na cama, vejo o laguinho das Tulherias e a Torre Eiffel cintilando. Deixo o exercício para fins mais concretos, como decidir onde almoçar. Perto da estação do metrô Odeon, no café que dizem ter a melhor omelete com batatas da cidade? No Angelina, na rue de Rivoli, para repetir a coxa de coelho com azeitonas? Pertinho, no Le Soufflé, para dar uma de caipira gulosa e pedir suflê de queijo de entrada e suflê de foie gras de prato principal? Ou vou de sopa de cebola na place des Vosges?

Você vai dizer que só penso nisso... Que fazer se a baguete, o queijo e o vinho são os melhores, se qualquer boteco tem vista para a rua e ótimo cafezinho, se todo garçom me chama de senhora, é ágil no serviço e não erra a conta?

Para ser justa, um lugar errou a conta, mas não foi num boteco, foi no 59 Poincaré, o novo restaurante parisiense bolado por Alain Ducasse. Montado num prédio que é patrimônio histórico, o 59 Poincaré vive cheio, tem decoração para agradar aos modernos e um cardápio que é o sonho de qualquer chef preguiçoso: são poucas receitas em torno de três ingredientes — legumes, homard (a prima chique da lagosta) e cordeiro. Até aí, tudo bem, mas a ambientação...

Acho que estou ficando velha para invencionices. Era gostosa a poltrona de ferro com pés de cadeira de balanço, confesso. De mais a mais, o embalo serviu para me distrair da música étnica (teve mantra hindu, cordas africanas e solfejos em, aposto!, japonês). Onde ficava minha mesa? Ao lado de uma bancada de alumínio com carcaças de cordeiro. Poderia ter sido pior: ter me sentado ao lado da barraca de abacaxi e abóbora ou do aquário de homards com suas patas presas ostensivamente com esparadrapo branco.

Claro que, curiosa e distraída, mexi num potinho de cerâmica, o potinho era o saleiro, derramei o sal e, pelo olhar à mesa, derrubei minha reputação. Para coroar essa noite, em que todas as mulheres tinham dez centímetros a mais que eu, o caixa trocou o nome do vinho tinto — confundiu Gol com Bentley. Tive sorte melhor no Arpège, o restaurante dos legumes estrelados de Alain Passard. O ravióli de cebola com tâmaras e coentro foi dos pratos mais excitantes das férias.

Você vai dizer que só penso nisso... Injustiça. Além da baguete, do vinho e da omelete, Paris tem a livraria The English Book Shop, com a coleção completa de P. G. Woodhouse. Tem a enorme Fnac de Montparnasse. E uma exposição com os personagens Tintin e capitão Haddock no Musée de la Marine. Nem o cybercafé com teclado confuso e adolescentes cheios de hormônios, em Saint-Germain-des-Près, consegue matar o encanto. Porque sei que daqui a pouco vou estar no Jardim de Luxemburgo, livre para ver o que franceses e turistas adoram fazer aqui: namorar.

Ontem, vi nas Tulherias um jogo amoroso em frente ao campo de tulipas. Ela espirrou água no suéter dele, jogou os cabelos para o lado e riu. Ele sacudiu os pingos, fingiu cara de bravo mas com olhar maroto, puxou-lhe os cabelos e deu-lhe um beijo de abalar a Galícia. É de mexer com minha estrutura. À noite, sonhei com um antigo conhecido. Ele? Ele é lindo e nunca quis nada comigo. No sonho parisiense, ele é lindo e quer tudo comigo.

Tudo bem, durou pouco. Mas fez um bem danado para a auto-estima. Culpa de Paris. Tão linda, tão iluminada, tão fálica. Talvez por isso tenha me matriculado num curso de maquiagem no Institut Lancôme. Quero ficar linda!

A Lua-de-Mel Ideal

Ciprestes, louros e lavanda. É preciso devanear para não estourar, não enlouquecer, não capitular por causa de choque pátrio. Num minuto, o cenário é de milaneses e florentinos elegantes. No outro, o destino é a Central do Brasil, no Rio. Num instante, o clima é de enlevo, copos cheios, queijos divinos e serviço impecável. Noutro, o panorama é o de um atendimento oligofrênico de quem não teve Danoninho, filezinho e aula de inglês na infância.

Tudo bem que temos os amigos, a Academia da Cachaça, a cozinha baiana do Yorubá e a dádiva da Lagoa Rodrigo de Freitas. Mas o tempo para recreação é pouco. Nas horas que sobram, há que ter calma, pensar em ciprestes, louros e lavanda. Nesses momentos de quase explosão, o jeito é a gente se lembrar de coisas boas e lindas. Lembrei-me da Villa San Michele e funcionou.

Os ciprestes, símbolo da Toscana, cercam o hotel em fileiras desordenadas, em gracioso ziguezague — dominantes, sóbrios, fálicos. Nos jardins, singelos tufos de lavanda, tomilho e alecrim entremeiam arbustos de louro. Nos vasos, árvores de limão amarelo. O resultado? Cheiro de água-de-colônia misturado a especiarias, cítricos e terra. De dar inveja aos perfumes de Moschino e Fendi. As cores? Diáfanas (o lilás-lavanda), densas (o verde-cipreste) e surreais: lá embaixo, Florença brilha em tons de azul e dourado. O azul-laranja imperioso das cúpulas das igrejas e o azul-dourado dos raios de sol nos capôs dos carros.

A Toscana parece ter nascido azul-dourada, fugidia e insinuante ao mesmo tempo, como os flertes das inglesinhas com os italianos, ou de inglesa com o inglês, como no filme *A Room with a View*. Em português, o título *Uma Janela para o Amor* é meio piegas, mas a Toscana é mesmo despudoradamente romântica. No lugar de um quarto de pensão com janela — cobiçada pela tia da inglesa e generosamente cedida pelo pai do inglês —, a Villa San Michele tem varandão com arcos gigantes, onde a única disputa é pelas mesas do almoço. Antes, há que tomar um espumante, provar os botões de alcaparra em conserva e ouvir a voz macia do gerente Giulio Gentile.

Signore Gentile aponta umas montanhas depois de Florença — os morros de Chianti, dos vinhos — e diz que é lá que mora, numa casa com quintal e plantação de abóbora. Na época de colheita, haja imaginação: é ravióli de zucca, risoto de zucca, sopa de zucca, folhas de zucca fritas e assim vai. Tanta conversa sobre abóbora abre o apetite. O maître Vitório recomenda uma porção de risoto de abóbora e outra de risoto de alcachofra. Para anteceder, salada morna de camarões.

Alguns petits-fours depois, alguém sugere um tour pelo hotel. É então que, alma e estômago preenchidos, chegam os detalhes. A construção foi originalmente um mosteiro franciscano do século XV, cuja fachada é atribuída a Michelangelo. Até virar hotel, a casa viveu uma novela. Foi saqueada pelo exército de Napoleão. Em 1900, um americano de Nova York, Henry White Cannon, comprou o lugar e resolveu "melhorar" os jardins renascentistas com pátinas e estufas vitorianas. Durante a Segunda Guerra, estilhaços de bombas explodindo nas proximidades machucaram o edifício. Em 1950, monsieur Lucien Teissier, de Paris, comprou e restaurou a Villa San Michele com a idéia de receber amigos nas férias. Custou tão caro a reforma, que o francês passou a cobrar diária dos amigos. Hoje, o hotel é patrimônio histórico.

Sarcófago, altar, confessionário não intimidam o prazer de estar numa cadeira de estofado fofo, espumante à mão, com Florença a seus pés e os ciprestes ao lado, provocantes. Quando cair a tarde, se vier noite clara com brisa, talvez ocorra a idéia de que, afinal, seria uma boa ter uma lua-de-mel na Toscana.

Com ou sem lua-de-mel, fica a lembrança do cipreste, do louro e da lavanda.

Sissi

Descobri por que só temos férias uma vez por ano.

É para esquecer a luta de arrumar e desarrumar as malas, reservar outra mala para encomendas e lembranças, e ver um americano de dois metros e 200 quilos com cara de que a vida é uma pain in the ass jogar feito bola aquela malinha comprada com alegria e custo, que está recheada de perfumes para o namorado e creminhos para a mãe. Para dar tempo de esquecer os banheiros que têm chuveirinho em lugar de ducha. Para não mais nos lembrarmos do horror que é rodar pelos subúrbios de Viena com um motorista de táxi louco e paquistanês. Para esquecer que você quase virou racista, tamanha a concorrência com os japoneses em tudo — táxis, caixas de lojas e os melhores lugares nos restaurantes.

Daqui a um ano, só me lembrarei das coisas boas. A imagem que tinha da Áustria, por exemplo, foi confirmada. Povo bonito, estradas bem sinalizadas com asfalto impecável e nem uma só parede pichada nas cidades.

E a comida? Anos-luz à frente da lembrança do passeio que fiz aos 15 anos, quando a beleza dos garçons me impressionou mais que as tortas e as taças de sundae. A cozinha austríaca é de respeito. Seja num estrelado de Viena, seja num restaurante no campo. De enternecer os aspargos verdes com camarões. Linda a terrina de cabrito com ervas verdes e sutil gelatina de carne. Comovente a sopa de raiz-forte (que também tem o nome curioso de rábano-bastardo) com caldo de vitela. Insuperável o cordeiro macio ao alecrim. Tudo isso num restaurante que fica na fronteira com a Eslovênia.

Nada mal para um país cuja figura mais famosa, a imperatriz Sissi, usava carne para fazer máscara de beleza para o rosto. Amazona de 50 quilos, Sissi comia pouco. Sua dieta era de saladas e ovos cozidos, enquanto o marido era adepto de receitas simples e rápidas, herança dos campos de batalha e das temporadas nos acampamentos de caça.

Frugalidade que sumia quando a corte austríaca recebia convidados no palácio de Hofburg. Era, então, a vez de chefs franceses prepararem pães incrementados, truta ao limão, sopa de gulash, pato ao molho de laranja, medalhão de cervo ao molho de mirtilles, strudel de mel com creme fresco e sorvete de violeta. Etiqueta real que escondia as preferências de (ou ausência de) Sissi, que teria dito: “Não quero amor, não quero vinho; o primeiro deprime, o segundo faz vomitar.”

Gramado-Madri

Se o texto estiver confuso, dê-me um desconto: estou com jet lag emocional. Há dois dias estava em Gramado para o festival de cinema; hoje escrevo de um cybercafé no Bairro Velho de Madri. Sentiu o clima? Saí de recepcionistas louras e eficientes para morenas e eficientes, de 15 graus para 30 graus, da arquitetura que imita para a original.

E de uma comidinha muito da sem graça (a culpa deve ser minha, não soube procurar) para os melhores embutidos que uma alma gulosa pode querer. Lá e cá, o coração explodiu.

Em Gramado, *Vida de Menina* ganhou o Kikito de melhor filme e mais cinco prêmios. Não bastasse gostar de bom cinema, aquele que diverte, ensina e emociona, sou bisneta de Helena Morley, a protagonista e autora do livro *Minha Vida de Menina*, em que o filme é baseado. Você faz idéia do que é ter crescido lendo e ouvindo exaltações ao livro?

Sobre os escritos de uma adolescente entre 1893 e 1895, em Diamantina, falaram Guimarães Rosa, Manuel Bandeira, Rachel de Queiroz, Gilberto Freyre, Drummond, Bernanos... Os descendentes de Helena

Morley, mais intensamente que qualquer crítico, seriam os primeiros a se encolher, constrangidos, se o filme fosse mais ou menos. Não é. É belo, sutil e poderoso.

Tem bem pouco de mundinho — dizer que é feminista, ou histórico, é burrice aliada à pobreza de espírito — e muito de universal. Fez chorar e rir, a mim e aos marmanjos da fileira atrás.

Entrei no avião em estado de graça, com a alma dilatada, e nem dez horas comprimida numa cadeira para criança de 10 anos me tiraram o enlevo. Achei que o coração já tivera sua cota de emoção para este ano. Me enganei. Em Madri, o Museo Thyssen-Bornemisza me desarmou.

Casalzinho danado, esse Carmen e Hans Heinrich Thyssen Bornemisza, só reuniu o crème de la crème. Gauguin, Rubens, Degas, Constanble, Renoir, Van Gogh, Goya, Monet, Canaletto, não dá para escolher o preferido. Todos me dão a sensação de... plenitude — é mais que prazer, são seis horas de orgasmo sem Viagra.

Poderia muito bem viver numa cidade que tem "Baby Don't Care for Me" como trilha sonora de um cybercafé. Chorizos e gazpachos em todos os botecos — e como há botecos! O teclado diz *suprimir* em vez de *delete*. Meu cabelo fica igual ao da Cindy Crawford. Cada esquina guarda um museu ou uma galeria melhor que o outro. E o chocolate quente tem realmente cho-co-la-te.

Como é pouco provável que isso aconteça, vou tentar me lembrar dos pontos negativos de Madri: não há jeito de eu falar espanhol sem sotaque (até meu italiano sai melhor), os táxis não ligam o ar-condicionado e o temperamento dos nativos me confunde — nunca sei se eles vêm com tapas ou beijos.

Se promessa de beijos houvesse, somada a chorizos e gazpachos, daqui ninguém me arredava.

Feriadão

Por que insisto em usar chapéu? Fico ridícula com todos os chapéus. Cadê a mala que emprestei para minha irmã? Aposto que ela não devolveu. Levo ou não levo meu estojinho de unhas? Nossa, engordei! Também, essa vida sedentária... Sonhei outro dia que uma personal cuidava de mim na academia. Vai ver, é um sinal. Maiô ou biquíni? Os dois.

As formigas tornaram a aparecer, como se rissem de minha cara: "A casa vai ser nossa. A casa vai ser nossa." O café-da-manhã antes da viagem é salsicha-aperitivo de lata, no forninho, com o que sobrou da mostarda preta comprada na Serra no último feriadão. É nisso que dá querer zerar a geladeira.

Mala: na última prateleira do armário. Pegar a escadinha na área. Setenta e cinco por cento dos acidentes domésticos acontecem no dia ou na véspera de uma viagem — por que a gente tende a só guardar as más estatísticas?

A caixa de espumantes, levo ou não levo? Era para fazer reunião aqui em casa. Em seis meses, nunca recebi.

Lembrar de deixar o DVD na portaria para a locadora buscar.

Tirar do armário a toalha de piscina que nunca usei. Puxo a toalha e vem junto uma xícara, que se espatifa no chão. What the hell uma xícara estava fazendo embrulhada na toalha?

Oba! Achei aquele bloco com capa de corações que tinha sumido.

Será que a planta da sala resiste a cinco dias sem água?

Deixar o rádio do despertador ligado dá nisso: sofrimento por antecipação. Acabam de anunciar congestionamento na Linha Vermelha.

Separei cremes para as mãos, os pés e o rosto — dia e noite —, mas ia esquecendo o desodorante.

Separei o presente da Ana Luísa?

Celular, carregador, livros, revistas.

Mais CDs para o carro?

Não esquecer a bolsa térmica para o hadoque. Viu no que dá querer inovar? Por que não escolhi levar um chester já pronto?

Droga, esqueci de mandar lavar o carro. Agora, vai assim mesmo.

Já separei o desodorante?

Desta vez vou levar meu travesseiro. Nada se iguala a dormir com o próprio travesseiro.

O homem do posto disse que é preciso trocar o óleo do carro. Será? Vou arriscar só trocar na volta.

Branco ou amarelo para o réveillon? Putz, a blusa amarela está para lavar. Branco shall be.

Telefonar para Vera: lembrar da bolsa térmica que ela vai me emprestar.

Bilhete para Lídia deixar uma comidinha para domingo à noite.

Ligar para Ana Luísa avisando que vou almoçar no caminho.

Óculos escuros, filtro solar, carteira, dropes, chaves, cartão eletrônico.

Putz, esqueci de pegar talão de cheques.

Lencinhos de papel.

Chinelo, sandália para o dia, sandália para a noite. Tênis? Se levar e não caminhar vou querer me matar.

Esqueci alguma coisa?

Queria que todo governante fosse obrigado a organizar pelo menos umas três viagens em feriadão — sem ajuda de assessor ou da mulher — para sentir o que é administrar tempo e nervos. Não vale viagem internacional, nem Buenos Aires.

Tem que ser para perto, três horas de carro no máximo, de preferência para a casa da mãe. Porque se for viagem para ficar em hotel, o drama é menor.

Chapéu, escova de dentes, creme para os pés? Mande vir da loja do lobby. Travesseiro do jeito que você gosta? Ligue para o serviço de quarto. Ceia de réveillon? O concierge faz reserva no restaurante.

O mesmo vale para a casa de amigos. Levar farnel e travesseiro pode ser ofensivo — afinal, seu amigo é o anfitrião perfeito.

Na casa da mãe, a história é outra. Carinho, intimidade e saudade fazem você querer levar tudo e mais alguma coisa para sentir-se à vontade, e deixá-la à vontade. Se você esquecer a escova de dentes, é claro que ela tem uma gaveta de escovas de reserva — e vai adorar saber que você ainda precisa dela. Mas a nostalgia acaba aí. Agora é a sua vez de ser o provedor, ou, no mínimo, a colaboradora.

Cansa. Exige saúde. Saúde mental. Mas compensa.

No fim da viagem tem rede, piscina, Felipe e Henrique.

Volúvel

Sinto confessar que sou uma patriota convicta e invicta. Se por mérito ou falta de oportunidade, não sei. O certo é que estava realmente curiosa sobre os homens ingleses.

Toda a minha sincera disposição científica, porém, foi por água abaixo. Primeiro, porque os londrinos, na maioria, são incestuosamente parecidos com meu pai. Depois, eles são tão saudáveis e tão elegantes que chega a ser um exagero.

Tenho alma sensível. Agora mesmo, no cybercafé da Wellington Street, onde escrevo este texto, os funcionários fazem questão de ser fofinhos e simpáticos. Vou te contar: é uma overdose. Por isso, tentei fixar minha atenção nos dias ensolarados e nos parques cobertos de pashminas de folhas de outono.

Funcionou? Até certo ponto.

Disposta a não me deixar distrair pelos ingleses, armei um joguinho particular e inofensivo. O faz-de-conta consistia em escolher uma outra profissão para mim, se morasse na Inglaterra. Se a brincadeira serviu para alguma coisa, foi para me deixar com a pulga atrás da orelha: será que sou volúvel? O que mais explicaria a sincera preferência e a incondicional paixão que oscilam a cada instante? Depois de um dia no campo passeando por Windsor, Eton, Waterside e arredores, queria ser jardineira das rosas do jardim do castelo de Windsor.

Molhada, cansada, pulando os riachos que se formavam nas trilhas do parque (mas preciso dar a mão à palmatória, só choveu forte em Londres num dia dos 15 que passei aqui), tive a certeza: queria ser polícia montada no Hyde Park.

Vontade que durou exatamente vinte horas, porque no dia seguinte, admito, fui conhecer Notting Hill.

Queria ver aquela livraria onde trabalhava o personagem de Hugh Grant no filme, encontrei o lugar e descobri mais: desejei honestamente virar balconista numa loja de vinhos na Kensington Church Street. Santa inocência! Ainda não tinha ido a Chelsea, e é claro que quis ser florista ou perfumista numa lojinha com amplas janelas dando para a rua, que me obrigariam a ficar vendo todos aqueles ingleses fazendo jogging.

Flores e perfumes me fizeram lembrar da lavanda, minha colônia preferida, e logo o desejo era o de trabalhar numa barbearia em Mayfair.

Mas uma volúvel que se dá o respeito não se decide tão rapidamente. No fim de semana voltei ao campo, e isso foi minha perdição. O sol fazendo carinho na nuca, a grama desaforadamente verde, o jogo de pólo na minha frente. Quase me candidatei a catadora de cocô de cavalo no Ascot Park Polo Club, em Surrey.

Na volta à cidade, parada estratégica num pub em Berkshire. Ao entrar no bar, um senhor galante sorriu para mim e minhas companheiras de viagem e disse:

— São as *Charlie's Angels* — fazendo menção ao seriado que ganhou em português o nome *As Panteras*.

Seria possível conciliar meu emprego de tiradora de chope no pub de Jeff e Alison, em Berkshire, com a seleção e arrumação de tipos de mel nas prateleiras da Fortnum & Mason, em Londres? Adoro mel, mas os ingleses exageram na oferta. Tem o mel gelatinoso das altas pastagens do País de Gales, o mel levemente amargo das montanhas da Escócia, o mel docinho dos prados de Dorset.

Tudo está muito bom em Londres. Os restaurantes, as exposições, o clima e os bares. Tudo. Sabe o cybercafé? Pois é, um daqueles funcionários solícitos acabou de perguntar se a música de jazz ao fundo estava me incomodando e se eu queria alguma coisa para beber.

God save the Queen.

Esses ingleses pensam mesmo em tudo: eles fazem camisinha com sabor de malte uísque.

Acarajés

Aos 9, lia Jorge Amado na varanda da fazenda Pau D'Alho. Aos 10, decorei a letra de "Tarde em Itapuã" para nunca esquecer. Aos 20, voltei ao Rio para viver na rua Souza Lima e ser vizinha de prédio de Caymmi. Eu moro no terceiro andar, ele está em frente, no primeiro. É comum vê-lo à noite na janela. Uma vez arrisquei gritar: "Lindo! Paixão!". Ele ficou vermelho, sorriu e fechou a janela.

De resto, nunca dei muita atenção à Bahia. Mentira! Duas ou três vezes sonhei com o ACM. Sonhos pudicamente românticos. No mais, associava Salvador a trio elétrico — barulho e calor não me atraem — e a um povo preguiçoso de dar gosto — preconceito como outro qualquer.

Então Eduardo Farina, o último dos solteiros, apaixona-se por Renata e marca casamento na igreja de São Francisco, no Pelourinho.

Ana Maria, uma das madrinhas, liga dos Estados Unidos para avisar: "Leva uma bermuda para sexta-feira. Um carro vai estar no aeroporto para nos levar para a casa de praia do Eduardo." Que praia? Ela não sabia. Mas insistiu na bermuda e pediu desculpa pela pressa. Estava no trabalho, ainda não havia feito a mala e teria muitos vôos pela frente até Salvador.

Alguns vôos depois, encontrei uma Ana Maria e um Guilherme gripadíssimos e sem bermudas. Pegamos o caminho para a praia de Itacimirim e fui logo abrindo uma folha de papel com as indicações de outro Eduardo, o Simões, amigo baiano que mora no Rio. “Tem aí onde podemos comer acarajé?”, quis saber Ana Maria. Tinha. A baiana Regina, no bairro da Graça, no centro; a Cira, em Itapuã; e a Dinha, a mais festejada, que fica no Largo de Santana, no Rio Vermelho. Ninguém no carro tinha idéia de onde ficavam o bairro da Graça, Itapuã ou o Rio Vermelho, mas a idéia dos bolinhos de acarajé nos tranqüilizou. E nos acalmou tanto que perdemos a entrada para a casa.

Mas Deus é baiano, e Carlos Frederico — outro dos passageiros e um dos padrinhos — já tinha visitado Itacimirim, de modo que chegamos a tempo de ouvir o noivo comentar que, na hora do almoço, pescara defronte umas cinco lagostas. Que desaforo! Não bastasse ser o último dos solteiros, e a um dia de se casar, ainda jogava assim na cara da gente, sem preparo, sem piedade, que pescara lagosta para o almoço. Mal sabia que, a partir daí, era isso o que eu teria da Bahia: um desaforo atrás do outro.

O próximo aconteceu já em Salvador, ao lado do restaurante Adelaide Trapiche, no bar montado num deque sobre o mar. Embaixo, a água da baía é limpa — sim, isto é possível. À direita, avista-se a igreja Nossa Senhora da Conceição da Praia (construída em Portugal, desmontada e levada para Salvador peça por peça), o Elevador Lacerda e o Palácio Rio Branco. Desaforo dos desaforos, uma brisa refrescava a noite, e uma lua crescente, velada por nuvens douradas, fazia brilharem o mar, a praia, os prédios coloniais. Podem rir, mas nunca antes fui tão *Brasil 500 Anos*.

O espírito, porém, tinha ainda muito de carioca e de incrédulo. Por isso, no dia seguinte, ao pegar um táxi para o restaurante Axego, perto da Casa de Jorge Amado, desconfiei: esse motorista está nos enrolando. Não estava. A corrida custou só R$ 7, e se pareceu longa, foi porque o taxista se demorou a elogiar a restauração do Pelourinho, a gerência de ACM, a brisa de Salvador. No Axego, mais desaforo. Entre a carne-de-sol divina e a ótima moqueca de siri, só encontrei um senão: a caipirinha demorava a chegar. Comentei com o dono, o Manoel, e ele abriu um sorriso, perguntou por que eu tinha demorado tanto para reclamar, e piscou para mim. Pode? A comida era boa, a brisa empurrava a janela, o dono piscava com malícia doce e voltava logo com caipirinhas que não dão ressaca. Desaforo!

Chorei no casamento, naquela igreja vestida de azulejos portugueses e madeira dourada. E no almoço de domingo no De comer, em Itapuã, provei lambreta e maniçoba. Agora, conto qual foi o maior dos desaforos: voltei de Salvador sem ter tido tempo de provar os acarajés.

Espírito Natalino

Reação da amiga ao saber que andei de bicicleta nas férias: "Você?! Quero uma foto." Pois é, tenho fama de ser a última das desportistas. Outro mito é que sou esnobe. Que injustiça! Só porque não aprovo meia branca com sapato preto, detesto pagode e tenho ojeriza a pastinha de atum. Pouco esportista? É porque não me viram jogar basquete nos tempos do ginásio.

Fui a cestinha do time. A técnica era infalível: agarrar a bola e sair correndo aos berros, afugentando os adversários. Tentaram copiar, mas ninguém gritava como eu. No vôlei, estraçalhava o punho; no salto em distância, torcia o tornozelo; no handebol, voltava roxa para casa. Mas no basquete era craque.

E então o tempo passa, a roda gira, o dólar sobe e, sem mais nem menos, gruda-se em mim a imagem de pouco esportista e muito fresca.

Um exemplo.

Posto self service no interior da Itália. Desço para abastecer, tiro a pistola da máquina e procuro o bocal do tanque do carro. Termino a operação confusa (paguei pouco ou muito pelo combustível?) e com as mãos sujas de gasolina. A amiga e co-pilota não titubeia: abre o porta-malas, retira um sabonetinho de alfazema, uma garrafa de água mineral e lava as minhas mãos. Que delicadeza — exagerada, mas delicadeza — pensei. Mas a amiga derruba minha ilusão ao comentar: "Imagina! Trazer você para a Itália para sujar as mãos de gasolina."

Fresca ou não-fresca, a prerrogativa é pouco original — a classe média em essência é chegada a frescuras. Então eu não sei lidar com uma bomba de gasolina? E a amiga? Ela tinha sabonetinho de alfazema no porta-malas. Quer outro exemplo? A cara das pessoas quando respondo onde passei 15 dias de férias, na virada de novembro para dezembro. "Orlando? Interessante... Mas na volta você passou em Nova York, certo?" Não, não passei em Nova York na volta. Primeiro, porque a obrigação do *imperdível* e o conceito padrão, que não entendem como alguém vai a Orlando e descarta Nova York, despertaram em mim o desejo infantil de ser do contra. Segundo, porque a idéia de almoçar sozinha no Alain Ducasse não me apeteceu. E o frio? Ele fica lindo na *Vogue*, mas vá tentar pegar um táxi depois do teatro numa daquelas esquinas onde os ventos se encontram...

Fui para Orlando sem esperar nada e esperando muito. Precisava, pela primeira vez, descansar a cabeça. Não era fadiga emocional ou exaustão física — era estresse do raciocínio.

"Orlando? Interessante... E aí? Visitou todos os parques?" Não, não visitei todos os parques. Meu plano original abalaria uma secretaria de Turismo: ir a Orlando e não ver os sete dos principais parques estaduais da Flórida, 300 lagos, praias, 125 campos de golfe,

SeaWorld, Busch Gardens, Discovery Cove, milhares de restaurantes e hotéis.

Meu propósito, de uma clareza meridiana, começou a desmoronar no primeiro dia. A vista do meu quarto, e da varanda da casa onde me hospedei, dá para um campo de golfe. Acordava às seis horas para ver o brilho do orvalho na grama passar de branco a dourado. Na varanda, ao entardecer, abastecida de sorvete Ben & Jerry's, espiava as garças que faziam sua happy hour sob as árvores. À noite, lua a pino, vigiava a sincronia dos esguichos banhando a grama e filosofava: se o Tibete dos budistas e de Richard Gere transmitir metade dessa paz e dessa beleza, estou convertida.

Em menos de uma semana, arranhei minha intenção de não botar os pés num parque. Patrícia e Frank me levaram para conhecer o parque que tem a Torre do Terror. Morri de medo e adorei. Guilherme e Ana Maria, com a generosidade de que só uma irmã e um cunhado maravilhosos dispõem, voltaram pela milésima vez ao Epcot e me mostraram tudo como se também fosse a primeira vez deles. As máscaras venezianas, os chapéus vermelhos marroquinos, as acrobacias chinesas, a polícia montada do Canadá, tudo foi visto até a pausa para o almoço, no cenário francês. Quis ir ao Les Grands Chefs, a brasserie com menu assinado por Paul Bocuse, Roger Vergé e Gaston Lenôtre. Pedi cassoulet, Guilherme escolheu boeuf bourguignon, Ana Maria encomendou um crepe de queijo. Antes, duas jarras de vinho, saladinhas, patês, pães quentinhos e... medalhas de manteiga com a cara do Mickey.

Salvador

A primeira vez foi no ano passado. Só dois dias, mas a impressão não podia ter sido melhor: gente simpática, brisa redonda e comida que não se intimida com uma pimenta. Agora, recém-chegada de cinco dias em Salvador, o que era flerte virou paixão.

Sabe que estou meio tímida para contar o que vivi por lá? Faz lembrar um romance, dos bons — dá medo de descrever o sujeito e o encantamento se apagar. Então vou falar de um diazinho só, para não ter risco de macular esse amor. Ele começa com os bolinhos de estudante no café-da-manhã na pousada Catarina Paraguaçu, bairro do Rio Vermelho. Um bolinho de estudante é a prova de que farinha de tapioca, coco e açúcar podem resultar numa obra-prima. O problema é que a obra-prima não tinha hora certa para sair da cozinha. Matando tempo à espera do café, nem Jorge Amado passeou tanto pelo Rio Vermelho, entre sete e nove da manhã, como eu.

Não sei se foi a brisa do mar ou a sem-vergonhice da gula, mas às dez horas já estava no Mercado Modelo comendo lambreta e tomando cerveja em pé. Se você me conhecesse entenderia a cara de espanto dos amigos quando souberam disso. Não gosto de multidão, um aglomeradozinho já me perturba. Não sou de comer e beber em pé, me escorando em engradados de cerveja — por mais que você queira me tachar de esnobe, o motivo é ortopédico, minha coluna não agüenta. Em Salvador, agüenta.

Ponha a culpa na lambreta — que é um primo gorducho do vôngole —, acuse a bebida ou incrimine a companhia perfeita de Neide e Luiz Carlos, faça você o que quiser, mas por favor me explique por que eu, a mais inglesa das cariocas, resolvi comprar no mercado um boné com trancinhas rastafári. Comprar e usar.

Comprar e não tirar da cabeça. Foi com ele que segui para o Bar do Cravinho, no Pelourinho, onde três das mais antigas e belas igrejas do Brasil assistiram ao que dois copinhos de cachaça, com cravo e canela, provocam numa jovem mulher. Na porta do bar, com as três igrejas lá fora por testemunha, ouvia entretida Neide contar a história dos trinta anos do Ilê Aiyê quando se juntou a nós um baiano que é professor de capoeira em Pamplona.

Voz mansa, olhos doces e bom de conversa, fiquei meia hora ouvindo o rapaz falar sobre as diferenças culturais entre Brasil e Espanha. Bem, acho que era esse o assunto. Acho, porque eu estava em outra. Quanto mais ele falava, mais eu devaneava — pensava no caráter navarro da tradição medieval (seja lá o que for isso), lembrava as corridas de touros pelas ruas de Pamplona descritas por Hemingway, imaginava as receitas locais de javali que nunca provei. Alguma coisa estava fora de ordem. Excesso de lambreta, cerveja e cravinho? Não. Eram os braços do capoeirista. Nunca tinha visto de perto uma reunião de músculos como aqueles.

— Posso tocar? — pedi.

Segurei no bíceps do instrutor baiano de capoeira em Pamplona e não me senti ridícula.

Em Salvador, não há vergonha. Felizmente, porque do Bar do Cravinho seguimos Neide, Luiz Carlos e eu para o almoço no Ponto Vital, atrás de uma despudorada feijoada. Espalhados pela mesa entre copos e copos de caipirinha, os pratos mantinham uma certa decência em sua disposição metódica — três porções para cada um. O problema foi a trilha sonora. Um jovem maestro regia uma banda do Olodum a menos de dez metros de nós. Uma coisa é ter visto pela TV o grupo em ação; outra, é ouvir os tambores ao vivo. Levantei da cadeira e sambei na ladeira da rua das Laranjeiras. Sambava, sorria e exultava: em Salvador todos se viram para olhar para mim, pensei. Comentei com os amigos. A resposta veio rápida:

— Você ainda está com o boné rastafári.

Maldade... Tirei o boné à noite para tomar um banho de mar à luz do luar na praia da Barra. E as pessoas continuavam a me olhar. Não acredito que foi por eu ser mais branca que a areia.

Em Salvador, todo mundo é lindo. Até eu.

Mala Mala

Ando sem paciência. Talvez por isso, algumas semanas atrás, estivesse sozinha num quarto lindo na selva sul-africana.

Não tive tempo de ponderar se estar sozinha era ruim. Dei de cara com uma garrafinha de água mineral do cabo da Boa Esperança. Foi demais para o coração. Tirei apressada as roupas cheias de poeira da savana, meti-me num pijama de seda, joguei-me na poltrona coberta com pele de leopardo. Abri a garrafa do cabo da Boa Esperança e curti o ar-refrigerado olhando pelo janelão envidraçado o mundão de árvores, rio ondulante e crepúsculo vespertino. Pisar no deque de madeira lá fora, nem pensar: eles não têm dengue, mas têm o mosquito da malária.

Nessas horas de encontro em uníssono com a natureza, quando o tempo fica em suspenso e temos a visão do éden — acontece também com sexo, comida, bebida, livro, música etc. —, qual é a primeira coisa que nos passa pela cabeça? "Sua anta, você não tem mais seu alicate!"

Fiquei sem meu alicate no aeroporto de Johanesburgo, que não por coincidência é coalhado de placas vermelhas com a inscrição *Tolerância zero*. Ao passar pelo controle de bagagem de mão para embarcar para a Província do Norte, detectaram meu kit de unhas no fundo da nécessaire. *Tolerância zero*. Eles acharam que com o alicate eu desviaria o avião da rota para o safári? Aquele avião furrequinha, do tempo da antiga ponte aérea, barulhento como ele só, para levar para onde? Moçambique? Eu só queria ver bicho, provar comida sul-africana e aprender duas ou mais palavras da língua zulu. Mas desembarquei sem alicate num aeroporto com pista única, no meio do mato — o que não impediu que houvesse um funcionário uniformizado sinalizando a aterrissagem.

Ao redor das instalações do aeródromo — uma casa com telhado de sapê e alguns quiosques também de sapê —, todo mundo igual: guardas, pilotos, ranges (os guias dos safáris) e turistas de calça e camisa cáqui.

Sentei-me ao lado do ranger no caminho para um dos lodges — palavra chique para hospedagem — em Mala Mala, que é nome de uma espécie de antílope. Fiquei sabendo que Shane tem 32 anos, é sul-africano descendente de irlandeses, formou-se em agronomia e há dez anos percorre a savana atrás de bichos para mostrar aos turistas. E turistas abundam. Na fronteira do Kruger Park, os três lodges de Mala Mala recebem 7 mil visitantes por ano.

Apesar do modelito cáqui, eu não me sentia um dos 7 mil turistas típicos. Primeiro, não tenho máquina fotográfica com lentes quilométricas. Segundo, fui criada em fazendas na serra fluminense, passava férias no Pantanal rodeada de bichos, e sou filha de meu pai, que nos desatinos da juventude já caçou e matou uma onça. Portanto, não iria babar diante de uma girafa.

Babei com a girafa, o primeiro animal que vi, ainda na estrada para Mala Mala. E nos dias seguintes me deslumbrei com os rinocerontes negros, as impalas, os macacos, as hienas, os elefantes... Ainda assim nada me preparou para os leões, as leoas e seus filhotes. Estava escurecendo, a lua sul-africana parece — e deve ser — duas vezes a nossa, e o cheiro de mato de tão agridoce coça o nariz. O mato coça o nariz, a lua dilata a alma e as leoas hipnotizam a gente com aqueles olhos amarelos. Dá medo, fascina, arrepia, extasia.

E então chega a hora do jantar ao som de tambores e à luz da fogueira, com vinhos muito machos da uva shiraz e pratos pouco ou muito triviais. Carne de antílope e de avestruz, língua de veado, salada de aspargos verdes, rabada de boi ao molho de tomate com purê de batata, e sopa de milho. O que os funcionários negros de Mala Mala comem em casa (gafanhoto frito sem as asas e as pernas, pasta de milho com besouro branco frito ao óleo de girassol) e bebem (cerveja de abacaxi feita num dia) não chega aos turistas.

Ainda bem. Imagine ter pesadelo com besouros dormindo sozinha. Seria a desmoralização da selva.

Ah, o Amor

No último sábado, estava de cachecol e cashmere, céu azul sobre a cabeça, vinho à mesa, folhas de outono à volta, sentada num café na Recoleta vendo o tempo e os portenhos passarem. É, eu não tenho ódio dos argentinos. Mas por pouco não mudo de idéia na última hora.

O rapaz que me vendeu as passagens fizera questão de frisar:

— Buenos Aires está ótima. Os portenhos não estão mais com aquela pose toda. A calle Florida não tem mais todas aquelas lojas chiques. E a gente vê pedintes nas ruas.

Homessa! Não tenho nada contra a pose dos portenhos — pose que vem de terno, gravata, sobretudo e barba bem-feita. Adoro lojas chiques: se eu quiser ruas populares é só dar um pulinho ao Centro do Rio. Por que será que o agente de viagens acha o máximo a exibição da pobreza em Buenos Aires? Para a cidade deles ficar mais irmã da nossa? Pedinte por pedinte, prefiro os de Buenos Aires no inverno: usam gorro, luvas e casaco.

Compreendo nossa rixa com os portenhos num ponto: eles não são mesmo simpáticos. E daí? Fecho a cara para eles também. Cuspir na gente eles não vão, não está na história deles. Em 1902, havia uma lei que proibia os moradores de Buenos Aires de cuspir no chão...

Todas essas profundas considerações, faço-as agora, sóbria. Porque lá, curtindo o friozinho e a companhia de minha irmã, a única preocupação era saber qual seria o vinho da próxima refeição.

Vinho é uma bênção, principalmente para o comércio. Adivinha o que comprei depois de uma garrafa de Malbec? Um edredom — para o frio louco que vivemos no Rio, claro — feito no... Brasil.

— E aí, saíram muito em Buenos Aires? — perguntam os amigos na volta.

— Todas as noites — respondo.

Mentira. Por duas vezes, ficamos no quarto vendo TV. Em boa companhia: vinho, queijos e frios.

Mas não pense que duas mulheres de 30 só querem comer e beber. Visitamos o Malba, o museu de arte latino-americana, uma construção arrojada que abriga a coleção de Eduardo F. Constantini. É programa para o brasileiro se sentir o máximo: à exceção de um Botero aqui e outro quadro ali, nossos Di Cavalcanti e Oiticica dão um banho. Novamente, o vinho é uma bênção. Só mesmo alegre para enfrentar as obras-instalações. Um jacaré de papel machê engolindo uma mulher, da qual só vemos as pernas e pés. Uma mesa branca com meia dúzia de pratos brancos. Num deles, misturando o produto orgânico e a escrita, vimos: um grão de milho + calor = pipoca / um grão de milho + calor excessivo = milho queimado.

Rimos na hora. E voltamos a rir durante a viagem sempre que uma das duas recitava, tal qual um mantra: um grão de milho + calor = pipoca / um grão de milho + calor excessivo = milho queimado.

E ríamos ainda, sentadas num café na Recoleta, quando notei a manchete na capa do jornal *Clárin*: “Como conseguir um namorado a partir de 600 pesos.”

É, parece que as coisas não andam boas para as portenhas. Há 1,5 milhão de pessoas sozinhas em Buenos Aires. A oferta de mulheres supera (oh, que novidade) a de homens. E elas correm às agências. Ao fim e ao cabo, qualquer que seja o resultado dos jogos entre Brasil e Argentina, num placar nós empatamos: Rio e Buenos Aires só querem amar.

Pax Britannica

No documentário, o nobre romano falido mostra seu palácio aberto à visitação. Para morar, ele só tem mesmo o sótão. E é de lá, acima dos telhados ocres de Roma, que o nobre fala da falta que sente dos anos 50. "Hoje o ritmo é de pressa; antes havia tempo para cortejar as mulheres, para cultivar os amigos, para viver." Seu olhar toldado volta-se para o trânsito de Roma e ele suspira: "Havia tempo para se fazer amor."

A respeito do amor, não sei dizer, mas nas férias aprendi uma ou duas coisinhas sobre o tempo e seus ritmos. Em Londres, não em Roma.

Hospedada em cima de uma barbearia, das antigas, desço para tirar fotos. Enquanto tento enquadrar a vitrine, meu amigo e um vaso de amores-perfeitos, os passantes vão parando em fila indiana para não atrapalhar. Agradeço e recebo sorrisos de volta. Só pode ser esse dia lindo, penso.

Na Thomas Goode, a mais sensacional loja de artigos para casa do mundo — e aí os ingleses têm razão de achar que a Pax Britannica continua, que eles têm a hegemonia —, entro minutos antes de fecharem.

Temendo ser expulsa, estico o passo para dar uma espiada nos vasos Murano. O gerente se aproxima, fico vermelha.

— Você gostaria de uma taça de champanhe? Daqui a pouco começaremos um leilão de jóias e seria um prazer tê-la conosco.

Ao lado, uns vinte garçons perfilados sorriem para nós. Deve ser o dia lindo.

O funcionário da casa de câmbio me pega cantarolando um trecho de *West Side Story*. Ele se aproxima da janela de vidro e sorri:

— Também gosto de *West Side*. Que outros shows você viu? Ah! Foi ao concerto de Maurizio Pollini! Três bis!? Ele deu três bis!? Meu sonho é ver um concerto de Pollini.

Na butique, a vendedora está mais interessada em conversar do que em vender o cachecol de cashmere.

— Gostou da exposição de Monet? Não me agradou muito a fase Charing Cross Bridge, prefiro as ninféias. Já comprou ingressos para Kandinsky?

O motorista rompe a lei que reza que taxista não conversa com passageiros e quer saber se passeei fora de Londres.

— Ah! Bray, Eton, Windsor. Não há nada como um passeio ao campo nesta época do ano, não é? E você tem saído para jantar? Londres está entrando numa ótima fase gastronômica.

Uma semana sem chuva inconveniente, só uma lufada à tarde, suficiente para imprimir um arco-íris sobre a Curzon Street. Uma semana de gente calorosa. E um motorista gourmet. Eu amo Londres.

O táxi pára em frente à Harrods — ia ver o santuário para Diana e Dodi, confesso —, e sinto não ter tido tempo para responder que sim, Londres está gostosa. Teria lhe contado do almoço no Gordon Ramsay, em Chelsea. As mesas ficam entre uma parede de cristal e uma estante com vasos, torsos e cavalos, tudo cristal. Ao lado, um oriental com cara de John Lennon senta-se com três mulheres feias e ricas. Atrás, um homem com bigodes à la Salvador Dalí está com dois amigos fortes de costeletas e camisas justas. Em frente, uma mesa de homens ingleses de negócios e suas bochechas rosadas e quilinhos a mais nas pálpebras e no estômago. Nesse cenário, sou a própria Cindy Crawford. Talvez por isso a atenção redobrada dos garçons e do sommelier. Ah, eu amo Londres.

Vieiras com cèpes sobre leito de espinafre com creme de abóbora ao óleo de trufas. Músculo desfiado com cogumelos, creme de manteiga com ervas e sedoso purê de batata. Penso em trocar a sobremesa pelos queijos e escolho uns cinco. Porque me sinto a Cindy Crawford, acabo pedindo também a sobremesa. Na saída, um cartão anuncia que Gordon Ramsay se juntou ao chef Marcus Wareing e acabam de abrir o Petrus, em Mayfair.

Lá, o público redime os fregueses do Gordon Ramsay: a concentração de gente bonita é de deixar a Nova York Upper East no chinelo. Anoto os pratos que vou comendo e a escrevinhação acaba chamando a atenção do sommelier. Ele sorri, eu retribuo. Ele sorri de novo, eu sorrio de volta. Já estou começando a me sentir Cindy Crawford novamente quando meu amigo esclarece o derramamento de sorrisos.

— Esse sommelier estava no almoço no Gordon Ramsay. Deve tê-la reconhecido de lá.

Reconheceu-me, aprochegou-se e trouxe junto o jovem maître, que puxa conversa, pousa a mão em meu ombro, pergunta se estou gostando da comida, bota a mão em meu ombro, quer saber por que eu anoto tudo, pousa a mão em meu ombro e deseja que eu desfrute do jantar.

Comentário do amigo:

— Totalmente fora da etiqueta essa história de ficar botando a mão no seu ombro...

Na saída, o maître me entrega o seu cartão, demora-se no aperto de mão e faz-me prometer que irei visitá-lo quando voltar a Londres.

Viva a Pax Britannica.

Denver e Bossa Nova

Nunca foi tão difícil voltar das férias. Nem digo por Londres e Paris. A Europa é outra dimensão. Mas os Estados Unidos? Nada me preparou para Denver e o Colorado. Esperava ver estações de esqui, e vi, e contava ver muitos chapéus de caubói. Não foram mais do que uma dúzia.

Só conhecia antes as bordas dos Estados Unidos. A Flórida dos parques de diversões e do consumo de Miami em espanhol. A temporada adolescente em São Francisco, com a casa de janelas amarelas e os esquilos no jardim em Burligame, as sorveterias de Palo Alto e as estradas de Big Sur.

As tardes na jacuzzi, as noites com cogumelos Portobello e as madrugadas com uerlot com o primo-namorado, em Washington, não contam. Resta então Nova York. A Nova York da avó naturalizada americana e convertida ao judaísmo. Brunch no Carlyle, matinê no teatro e vitela à milanesa no Coco Pazzo. Ou manhã na sinagoga, tarde no escritório na ONU e noite no Clube 21.

Se o programa fosse com a tia americana, significava jazz em bares esfumaçados à moda do cinema, apartamento no Village e peça off-Broadway. Se fosse a

Nova York do terceiro marido da avó naturalizada americana e convertida ao judaísmo, era Harvard Club e tudo aquilo que se esperaria de um Harvard Club: madeira, pé-direito alto, charuto, cabeças brancas atrás de jornais, maître inglês e os lindos netos dos sócios — talvez eles mesmos já sócios? É a mocinha loura com saia pregueada e blazer azul-marinho, é o rapaz com os dentes mais brancos do mundo e o terno mais bem passado também.

Fui esperando encontrar chapéus de caubói e encontrei uma Denver e arredores com 2 milhões de habitantes, 79 museus, 78 exposições de arte e 42 bares. Tudo bem que eles têm o museu do Buffalo Bill, mas têm também a mostra "Toulouse-Lautrec" no Denver Art Museum, vinda do Met de Nova York. Tudo bem que há bares com música country, mas são minoria.

Numa mesma noite, visitei quatro dos 42 bares. O que a gente não faz nas férias... No Josephine's, tijolinhos aparentes, ventiladores no teto e pôsteres de época faziam o cenário clássico para um grupo de jazz e blues. Lá, fumantes são bem-vindos e uma mulher é democraticamente paquerada por homens e mulheres. No Trios Enoteca, entrei a tempo de ouvir o refrão "É impossível ser feliz sozinho". Refrão instrumental — brasileiro também é minoria em Denver. No comprido bar de aço escovado, pedi um Porto Fonseca 20 anos e olhei em volta. Vi um bar heterossexual para se tomar vinho e ouvir bossa nova.

E onde está essa gente linda e próspera quando não há barzinho ou livraria à vista? Está na ciclovia que segue até as Montanhas Rochosas, nas salas da Escola de Arte Culinária, pilotando motos de neve em Vail, seguindo em telão high tech Imax a história de uma subida ao Everest. É gente feliz.

Ok, de vez em quando um louco sai atirando em colegas num high school. Ok, os americanos não têm a nossa caipirinha e o nosso senso de humor. Mas não me lembro disso quando entro no túnel pichado da Raul Pompéia.

Costa Rica Sexy

Bruno acordou cedo no último sábado, arrumou as malas, tomou café reforçado e pegou a via Dutra com destino a Mauá, onde está acabando de montar casa. Eram oito horas. Apesar de distraído com os CDs no carro, meu amigo notou (e estranhou) que havia poucos caminhões na estrada. Bruno tinha se esquecido do jogo do Brasil contra a China.

E como ficou sabendo? Pelas placas eletrônicas de sinalização.

— Achei tão moderno... Eu indo para o mato, pescar truta e curtir uma lareira, e ao mesmo tempo vendo o placar do jogo em tempo real.

Logo depois do 3 a 0 para o Brasil, Bruno sentiu a direção do carro estranha e parou no primeiro posto de gasolina que encontrou.

— Tinha furado o pneu. Felizmente era o intervalo do jogo e o Brasil estava ganhando. Nunca fui tão bem tratado.

Contagiado pelo entusiasmo esportivo e pelo atendimento no posto de gasolina, Bruno já cogita não perder um jogo da Copa. Foi o que ele comentou na sala do cafezinho, na redação do jornal:

— Estou pensando em ver Brasil e Costa Rica. Não sei se viro a noite ou ligo o despertador.

Não tive tempo de dar palpite porque em seguida ele perguntou:

— E aí, Ana, que me diz da Costa Rica?

"Por todos os raios e trovões", exclamaria o capitão Haddock, que dizer numa hora dessas? Se lhe confessasse que não tinha visto um jogo sequer da Costa Rica até então (porque hoje vou ver, claro), como ficaria meu cartaz de mulher moderna e antenada?

Resolvi apelar para a estratégia da distração.

— Você sabe qual é o esporte nacional dos costa-riquenhos? — perguntei.

— O futebol? — arriscou Bruno.

— Não. É o sexo.

Antes que pensem que só tenho minhoca na cabeça, explico e assino embaixo: segundo os almanaques e enciclopédias, o esporte nacional da Costa Rica é o futebol. Mas esta é a versão oficial. A verdadeira é outra, que descobri graças à diligência de minha mãe, que pesquisou o assunto, e de minha irmã caçula, que postou a carta via Sedex.

Ajeitando seu escritório, mamãe viu décadas de exemplares da *National Geographic* e ligou para mim:

— Posso pesquisar uns países para você.

Aceitei e pedi dois: Turquia e Costa Rica.

Que beleza, que assombro e que peso é a Turquia, terra da glória de Tróia, cenário de duas das sete maravilhas do mundo (o templo de Ártemis e o túmulo do rei Mausolo), palco em que Marco Antônio conheceu

Cleópatra e onde Alexandre, *o Grande*, cortou o nó de Górdio, feito pelo rei da Frígia. Em comparação, a Costa Rica é mesmo um paraíso tropical, com as plantações de banana e café, expressiva classe média, alto índice de alfabetizados (93%), população rural que recebe atendimento médico gratuito e tem aposentadoria, e a média de expectativa de vida das mais altas: 78 anos. Um país de praias e vulcão com quatro milhões de habitantes, 1.200 tipos de orquídeas, 13 parques nacionais, seis reservas biológicas e, é a glória!, mais professores que policiais. Em 1948, uma nova Constituição aboliu o Exército. Hoje a segurança é feita por 4.500 guardas civis e 3.200 rurais. Nesta paz de espírito, é de supor que sobra tempo para o futebol, certo?

Eis o que diz a reportagem:

"Fazer amor é o passatempo favorito na Costa Rica, seguido de beber e comer. O futebol, o tão aclamado esporte nacional, vem em quarto lugar."

Lugar honrado, já que não é vergonha alguma perder para o amor sincero entre ticos e ticas, para a aguardente feita de cana-de-açúcar e para as gostosas tortillas com queso.

Comer, Beber, Viver

Orquídea que combinou com a carne rosada, que veio depois da delícia de lagostins, que integrou o cardápio que nos reuniu — cardápio e companhia que estimulam o prazer e afugentam o estresse.

Aula de Cozinha

Amarro o avental e confiro a lâmina da faca, imersa nas lembranças do que andei estudando sobre a Toscana. Terra de Botticelli, Michelangelo, Dante Alighieri e Leonardo da Vinci, seu povo pratica uma culinária vigorosa que exige qualidade da matéria-prima e evita extravagâncias. O devaneio se vai quando o chef Francesco Carli começa a distribuir as tarefas.

— Elizabeth, Ernani e Ana Cristina desossam as codornas. Luiz Carlos pode cortar o coelho.

Já estive em cursos de cozinha antes e sei que os alunos são heterogêneos: empresários, engenheiros, médicos e gente ligada ao mundo dos restaurantes. Os colegas que estão ao meu lado a desossar codornas devem ser cirurgiões.

— Poxa, o seu está mais bonito que o meu! Você tem jeito com a faca, hein? É estudante de medicina?

— Não, sou mordomo em Petrópolis.

Concentro-me na mulher à minha frente.

— A senhora é rápida... Já deu cabo da codorna, passou pelo fígado da galinha e agora está picando essa salsinha tão fininha que parece um processador. Aposto que a senhora tem prática na cozinha.

— Acertou: sou cozinheira. Trabalho para uma francesa que passa meses fora do Brasil, mas quando está aqui gosta de receber bem.

— E ela gosta de todo tipo de cozinha?

— Ah, não. Ela prefere a francesa. Estou fazendo este curso porque é sempre mais uma técnica que aprendo. Me formei no Senac, mas já fiz aula com o Laurent e com o Claude Lapeyre.

Noto que Ana Lúcia, a dona de restaurante, preferiu os alhos e as cebolas a ter que lidar com as carnes.

— Atualmente eu evito segurar em carne. Aliás, só como carne porque preciso provar. Outro dia, o Francesco trouxe um cordeirinho inteiro para a aula. Sabia que os cordeiros choram antes de morrer?

— Confesso que não sinto pena. Acho que tenho alma de *serial killer*.

— A Marta também achava que era insensível, né, Marta? Até que o Francesco apareceu com uma arraia. Ela tinha acabado de voltar da Austrália, onde viu arraias lindas nadando em águas cristalinas.

Tento incluir na conversa uma colega que assiste a tudo calada.

— Você também estava na aula dos peixes?

— Esta é minha primeira aula de cozinha na vida. Sou psicóloga. Quero ver se aprendo alguma coisa para não ouvir mais "Ih, hoje é a mamãe que fez o jantar".

Sai do forno um tabuleiro de ricciarelli — biscoitos de amêndoa típico de Siena, explica o chef. Todos avançam. Realmente, são uma glória esses ricciarelli. Fazem aumentar o desejo de ter o sol às costas, vinho gelado à frente e uma companhia ao lado.

Fernando, um engenheiro, destampa a caçarola do pernil de javali e, logo, dez pessoas cercam a panela a fim de provar o molho.

— É hora do jantar — anuncia o chef.

Começam as funções: torradinhas com fígado de frango e timo de vitela; trouxinha de massa de farinha de castanha recheada com pasta de grão-de-bico, refogado de carnes de coelho, codorna, perdiz, porco e frango; javali ao vinho tinto com polenta.

— E aí, você vem na próxima aula?

— Infelizmente, não vai dar. A aula cai no dia da formatura da minha namorada. Não posso deixar de ir e correr o risco de ela me chamar de "meu velho".

— Que idade tem ela?

— Ela tem 24 e eu 40.

— Que bobagem! Homem é um desaforo da natureza, fica sempre melhor.

Ninguém disse o mesmo sobre as mulheres. Todas as atenções eram para o javali com polenta.

Longe da TV

O primeiro jantar foi dentro da loja Louis Vuitton na rua Garcia D'Ávila, em Ipanema. Motivo: comemoração dos 150 anos da grife francesa. Eram quatro mesas com lugares marcados. A minha ficava entre uma estante de sapatos masculinos e uma de bolsas unissex, como a maleta para transportar cachorros. Sentei-me entre Regina Casé, à direita, e, à esquerda, uma jovem atriz que recentemente conquistou o Brasil e as páginas da *Playboy*.

Uma decepção. Achava que ela fosse do tipo gostosa, com uns quilinhos a mais que a Deborah (literalmente) Secco. Mas a atriz está magra. Não está devendo nada às melhores modelos de passarela.

— A TV engorda quatro quilos — explicou Regina. — Por isso ela parece gostosa e é magra e eu pareço gorda e sou gostosa.

O menu degustação feito por Danio Braga começou a ser servido. A conversa voltou-se para os feriadões — ficar no Rio ou viajar novamente? — e os caseiros.

— Ter casa fora é um drama. Envolve caseiro e caseira. O caseiro geralmente bebe e a caseira sofre dos nervos — resumiu Regina.

Chega o segundo prato: crepe de cogumelos com creme de parmesão e redução de vinho do Porto. Receita para comer rezando. E em silêncio. Mas o silêncio foi rompido. A jovem atriz chamara o garçom:

— Dá para você trocar este prato por outro?

— Desculpe, senhora, mas o cardápio é fixo.

— Dá para levar o prato embora? Ele tem o cheiro da ração do meu poodle.

!!!

O segundo jantar foi em São Paulo, no restaurante D.O.M., de Alex Atala. Jantar de dez pratos. Porções pequenas, mas, ainda assim, dez pratos. Que vovó não saiba — ela acredita que faço dieta.

Começou com carpaccio de palmito e vieira frescos. Sucedido por um filé curado no sal. Continuou com blandade de bacalhau com couve refogada e caldo de feijão, um filete de azeite unindo os três. Seguido por ostras empanadas servidas com tapioca marinada.

Só a música, uma canção de Chico Buarque, distraía minha atenção: "Agora eu era o rei / era o bedel e era também juiz / e pela minha lei / a gente é obrigado a ser feliz / E você era a princesa / que eu fiz coroar / e era tão linda de se admirar / que andava nua pelo meu país." É... Chico Buarque cantando destoava. Mas o comentário não foi bem recebido.

— O chef é um gato, a comida é ótima, o serviço é atencioso e o ambiente é bonito. E você implica com o Chico Buarque?

— É porque está tocando o mesmo CD que venho escutando sem parar no carro. É overdose de Chico.

— E existe overdose de Chico? Deixa o lindinho fora disso. Ele tem apartamento no Marais.

!!!

Chegou uma enguia defumada servida com banana levemente caramelada e um naco de foie gras. Se já era fanzoca de enguia e foie gras, agora sou fã de enguia com foie gras e banana.

A aventura seguinte foi inspirada em Ferran Adrià. No restaurante da Costa Brava, o catalão serve farofa de foie gras com caldo de carne. No D.O.M, Alex serviu um prato fundo com uma incrível seleção de verduras e legumes tenros e coloridos, com farofa de foie gras e caldo de feijão-vermelho.

A seguir, legumes e queijo coalho grelhados, com melaço e espuma *de fumaça*, que pensei fosse de banha, mas era de sal defumado.

O oitavo prato foi um peixe do Amazonas com farinha de mandioca e bacon, regados por um consomê de tucupi. Furiosamente gostoso.

O nono? Coxa robusta de pato com pimenta-verde e purê de cará. A carne se desmanchando do osso. O molho, uma consistência de caramelo para o suco do próprio pato.

Para finalizar, um aligot: mistura de purê de batata com queijo ementhal. Em outras palavras, um puxa-puxa divino.

De sobremesa, flan de queijo coalho com frutas assadas com mostarda e calda de cumaru? Cumaru?

— É uma casca de árvore do Pará, tipo uma canela — explicou o garçom.

Junto com os petits fours vieram sorvetes de umbu, cajá e graviola.

E eu ali, sem a preocupação dos quatro quilos a mais da TV, senti-me como a princesa coroada do mundo de Chico Buarque.

Terra de Marlboro

Fui conhecer Recife e voltei de alma lavada. Para começar, eles vão te chamar de "minha pretinha", expressão carinhosa que não discrimina cor, fato que me desobrigou de perder tempo tentando me bronzear. Fui à praia uma vez para testar a água — era tépida, a espuma parecia de cappuccino, e pronto: estava livre para a comedoria.

Você acabou de liquidar um bom-bocado inteiro de macaxeira no café-da-manhã quando chega alguém com uma daquelas frutas de nome estranho e sabor idem, que acabam viciando. Às 11 horas sua fome ainda não é de almoço, mas já existe, então é escolher entre o nego-bom, que é uma bala de banana, e o caldinho de aratu, que é um microcaramujo vermelho. Vou almoçar salada, vou almoçar salada, você repete com fervor, até que vem a tentação:

— Vocês ainda não foram ao Dona Mira?!

O restaurante Dona Mira fica numa casa amarela simples num bairro simples. Entramos pelos fundos e passamos pela cozinha para chegar à mesa. Num canto do chão, cercada por velas e pires, uma imagem de mulher vestida de amarelo. Em minha inocente ignorância, perguntei:

— Que santa é essa?

— Não é santa, é um orixá.

— Hã?

— É Oxum.

Calei a boca para não arriscar outra gafe cultural. Agüentei só uns dez minutos, porque tudo o que o garçom falava eu não entendia.

— Cês tão entendendo o que ele tá dizendo?

— Claro. Tudo faz sentido.

— Hã?

— O que ele acabou de falar, por exemplo. Ele disse: "Queira incorporar a sua pessoa a galinha indexada com arroz anexado, só para análise, não é a culinária vigente." Ele quis dizer: "Aqui está a galinha cabidela com farofa para acompanhar, mas não é a porção grande, é só petisco."

— Sei não, acho que vocês estão tirando sarro com a minha cara. Não tinha ouvido ninguém falar assim até agora em Recife.

— E não ouviu mesmo, porque só ele fala assim.

Ele é Edimilson, filho de dona Mira, recifense que viveu um tempo na Bahia, o que explicaria pelo menos uma das expressões dele, a pimenta ACM — consistente e poderosa. Mas... e as outras? Glacial ou equatorial quer dizer com ou sem gelo. Recipiente de assepsia facial é guardanapo. Plataforma de consumo de grau menor significa pratinho de sobremesa.

E você vai entrando no embalo do Edimilson, sem se dar conta de que não pára de chegar comida —

arrumadinho, mocotó, cabrito assado, dobradinha com feijão-branco, língua ensopada, ossobuco, feijoada! Mas antes teve sarapatel, que Edimilson chama de coreografia suína, e o meu primeiro e melhor prato de buchada de bode, que nosso lingüista nomeou "coreografia ecológica".

— Por que ecológica? — quis saber.

— Porque protegida de camada externa, por sinal comestível — explicou.

— Ah...

Depois de uma tarde com Oxum, Edimilson e buchada de bode, o espírito pediria sombra e água fresca, mas era imperioso passar no shopping para comprar uma roupa para o meu primeiro forró. Dois problemas me afligiam: eu não sabia com que roupa se vai a um forró, e mesmo que soubesse não ia adiantar — nada cabe em mim. É a tirania do ombro estreito, do quadril minguado, do look adolescente subnutrida!, falava com os meus botões, quando avistei um macacão de malha que talvez desse em mim. Entrei na loja sem olhar o letreiro, pedi para experimentar o macacão e também uma blusa soltinha e comprida, que parecia confortável sem ser feia. Que delícia, tudo coube. Isso sim é que é cidade civilizada, pensava enquanto assinava o cartão de crédito até que me entregaram a bolsa da loja. Era uma sacola larga com o desenho de um coração grande e, dentro dele, o nome da loja: *Linda Mamãe.*

De macacão de grávida cheguei ao forró na Casa do Reboco. Não tive nem tempo de olhar como era o lugar porque um homem alto, de camisa preta e chapéu de caubói branco, com a cara do Elvis na fase deus, aproximou-se e perguntou:

— Quer deixar sua bolsa ali e vir dançar comigo?

Ih, deve ser uma nova modalidade de assalto, deduzi. Não era. Ele insistiu. Desconversei, porque nunca, em tempo algum, tinha dançado forró na vida, e aquele Elvis era bom demais para ser real.

— Por que você não chama a garota que veio comigo? Ela sim sabe dançar forró, eu não sei.

— Não, eu quero você.

Aquela Casa do Reboco era a Terra do Marlboro.

Cheval Blanc

Seu Alberto lê três jornais por dia. Sou a primeira a saber quando a Vera Fisher posou nua, quem foi eleito o jogador do século, onde posso me vacinar contra febre amarela e que suco de agrião com leite, duas vezes por semana, limpa o pulmão do fumante. Seu Alberto é o motorista de vovó, que, às vezes, muitas vezes, pego emprestado.

Outro dia, ele trouxe uns CDs com o seguinte argumento: "Minha mulher é cristã, e lá em casa só se ouvem hinos. Trouxe estes para a senhora." Gelei. Então olhei o que ele escolhera: a trilha sonora do filme *O Guarda-costas*, e uma seleção de sucessos nacionais e internacionais de novelas (brinde de um jornal). Estou adorando. São musiquinhas da melhor supimpitude. Seu Alberto avisou que tem Caetano a caminho.

Sem querer fazer média, dividir um carro de manhã com alguém é um aprendizado. E se eu não tiver nada para dizer? E se eu não quiser dizer nada? Pior: e se eu não quiser ouvir nada? Isso porque não estou levando em conta a mistura de melancolia e mau humor, típica de três entre quatro manhãs. Fosse eu um espírito elevado, amargaria com poesia minha tristeza matinal. Lembraria, pensaria, recitaria meu tio Abgar:

"Eu hoje estou inabitável... / Não sei por quê, / levantei com o pé esquerdo: / o meu primeiro cigarro amargou / como uma colherada de fel; / a tristeza de vários corações bem tristes / veio, sem quê, nem por quê, / encher meu coração vazio... vazio... / Eu hoje estou inabitável... / A vida está doendo... doendo... / A vida está toda atrapalhada... / Estou sozinho numa estrada / fazendo a pé um raid impossível. / Ah! Se eu pudesse me embebedar / e cambalear... cambalear... / cair e acordar desta tristeza / que ninguém, ninguém sabe... / Todo mundo vai rir destes meus versos, / mas jurarei por Deus, se for preciso: / eu hoje estou inabitável..."

Em vez de recitar meu tio, nas manhãs em que acordo imersa em desânimo me queixo com seu Alberto de males físicos: estou com a parte inferior da cabeça pesada; e a parte superior, oca; dói-me o peito; e o nariz está entupido. Seu Alberto faz o diagnóstico. É alergia a ar-condicionado, devo pingar soro fisiológico muitas vezes ao dia, e, melhor ainda, comprar um nebulizador para inalações.

Os amigos telefonam e, num instante, ouvindo *O Guarda-costas*, chega-se ao Locanda com todo o apetite e toda a sede do mundo. Beber não é problema porque existe o seu Alberto. E como não beber? Primeiro, champanhe para brindar o encontro. Depois, para escoltar as vieiras, Luiz Carlos levou um vinho branco maravilhoso, não lembro o nome porque o Bainho pegou a rolha, o danado. Fui à forra e guardei a rolha do tinto, um Cos d'Estournel 85 de enaltecer a lasanha de trufas e cogumelos, e o cordeiro rosado. Por fim, um Château d'Yquem 88 de tirar do sério.

Nem sei como ainda tive cabeça para me lembrar de pegar o cardápio de sobremesa. Acho que foi vontade de fazer doce tortura com os que lerem, a seguir, o que cada um comeu naquele sábado. Massa fina de chocolate coberta de rodelas de bananas carameladas, servida com sorvete de caramelo. Massa folhada recheada com figos frescos e zabaione, calda de morangos para completar. Montinhos de queijo cottage e hortelã guarnecidos de telhas de mel e frutas de bosque. Pêra ao vinho tinto com musse de canela. Massa fina, quente e crocante de maçãs verdes, caramelizadas, com sorvete de zabaione. Musse de chocolate quente com calda de chocolate branco, licor amaretto e amêndoas tostadas.

Deu para ficar tonto? Eu fiquei. E tão completamente que não acompanhei meus amigos no passeio pela horta do Locanda. Quedei-me no salão. Dali a pouco, vi Danio decantar um vinho com reverência. Dei uma espiada no rótulo e arrepiei. Um Cheval Blanc, o vinho que provoca livro, palestra e discurso, e que nunca tinha provado. Danio notou meu olhar e deu-me um gole para provar.

— O primeiro Cheval Blanc ninguém esquece — comentei.

— Por que não diz isso para o dono da garrafa?

Quando dei por mim estava ao lado de Walter Salles, vermelha, rendida, ridícula.

— O primeiro Cheval Blanc ninguém esquece — disse ao cineasta.

Ele se levantou, deu-me dois beijinhos, segurou minhas mãos e disse que a garrafa era da adega que herdara da mãe, para ser tomada em companhia de amigos, e agora que eu provara o vinho, era também sua amiga.

E eu vermelha, rendida, ridícula. Ébria.

Ter motorista é um perigo.

Laurent e a Lua

A estação de trabalho está uma Sibéria com ventos do Meio Oeste americano (pegou bem esse Meio Oeste? Pelo menos é melhor do que o cacófato Chicago). O casaco que guardo no armário não basta, porque há sempre aquela brisa gélida que levanta as folhas de papel e enrijece o nariz. Alguém já sugeriu a tática terrorista de entupir a saída de ar. Não sou terrorista o suficiente.

Estou atrasada. Será que consigo chegar em casa em vinte minutos? O estacionamento do jornal parece cenário de filme cult, com sua caixa d'água no alto, as paredes caiadas e a lua marroquina. Lua marroquina... Ouvi isso de alguém que esteve no Marrocos. Perguntei o significado e, como ela não soube me explicar, tenho para mim que lua marroquina serve para descrever lua crescente, minguante, romântica, triste, florentina ou carioca.

Na esquina da avenida Presidente Vargas com a rua de Santana, as mãos voltam à temperatura ambiente, a dor de cabeça começa a dizer good bye, e talvez o mundo não seja assim tão ruim. Entro no túnel Rebouças, mantenho os 90 km/h e sou brindada com a Lagoa. Vou dar um jeito de passar cedo um dia de manhã para ver o amigo Marcelo na aula de remo, prometo a mim. Chega o Corte de Cantagalo, o túnel para a Raul Pompéia — limpinho, suíço, lindinho. Rua Sousa Lima, casa de vovó, enfim.

Tenho uma hora para me banhar, secar o cabelo e fazer a maquiagem. O lápis de contorno da boca precisa de um apontador. Cadê o apontador? Meu Deus, as rugas estão chegando. Tomara que a vida comece mesmo aos 40. "Vó, pode me emprestar aquele colar azul e verde que trouxe da viagem?" Experimento a calça de crepe. Ela me deixa com barriguinha. Quando é que vou começar a andar na Lagoa? "Cadê o colar verde e azul?" Troco a calça de crepe pela calça de malha e encolho a barriga. "O fecho do colar está empenado!" Aonde foi parar o alicate da caixa de ferramentas?

Estou atrasada. Estou sem roupa, estou gorda, não deveria mais sair de casa. "Vó, tinha pedido sua opinião sobre a roupa! Onde você estava que não ajudou? Só posso contar comigo, nunca se pode contar com ninguém. Droga de vida!" O interfone toca. Bato a porta sem me despedir.

O amigo está lindo como sempre, a lua marroquina bate no mar de Copacabana, alguém faz churrasquinho de gato no calçadão, e começo a desabafar: "O problema do estresse é que a gente não pode jogar a culpa na vida. Os médicos não deixam, os folhetos de auto-ajuda não deixam. Fazem-nos crer que tudo depende exclusivamente de força de vontade."

Para sorte do amigo, encerro o discurso quando chegamos ao MAM. Claude Troisgros montou um restaurante no museu e, especialmente nesta noite, é o colega Laurent Suaudeau quem cozinha. A entrada — um círculo de alho-poró ao curry e vinagre balsâmico, coberto com telha crocante de parmesão — deixa vontade de quero mais. O primeiro prato é um bolinho de lagostins com tomate confit, pistou, aipo e palmito fresco. O que é mesmo pistou?

— Acho que é uma receita provençal que leva manjericão — diz a amiga que divide a mesa conosco.

O segundo prato é uma vitela en croûte com três tipos de cogumelos.

— O segredo é o molho. Aposto que tem damasco — diz a amiga. E acerta.

De sobremesa, creme de bacuri com fava de baunilha e chocolate.

— Você sabia que a fava da baunilha é uma orquídea?

Orquídea que combinou com o bacuri, que sucedeu a carne rosada, que veio depois da delícia de lagostins, que integrou o cardápio que nos juntou ali. Cardápio e companhia que afugentaram o estresse.

Na saída do restaurante, alguém nota a lua marroquina refugiada atrás das palmeiras. O carro é confortável, o amigo é cheiroso, logo estarei em casa. Não posso me esquecer da ginástica logo cedo. Será que algum dia vou perder os pneuzinhos da cintura?

Queijos e Paul Auster

Sou o tipo que vê os fogos de réveillon de uma rua lateral, pela janela, porque prefiro não estar na areia. Gosto de minha casa, meus livros, meus vídeos e minha geladeira. Pode não ser muito gregário ou psicologicamente saudável, mas é bem confortável. Dose é sair de casa num domingo de verão e encontrar *O Mistério de Lulu*, do senhor Paul Auster, filme constrangedoramente ruim e hipnoticamente chato.

Que lição tirar disso tudo? Que eu devia ter ficado em casa? Que eu não sirvo para ir além de *Babe, um Porquinho Atrapalhado na Cidade*? Pronto, peço desculpas pelo desabafo. E retomo meu caminho. Acredite, ia começar falando das delícias e dos perigos da segunda vez. Qualquer que seja o campo. Na primeira, há o entusiasmo fresco e a desculpa de ser a primeira vez. Na próxima, um detalhe pode arrefecer os ânimos, plantando a dúvida: o que está fora do lugar, eu ou o objeto do desejo? Digo isto porque acabo de voltar do restaurante Aimo e Nadia, em Milão, e do Antica Osteria del Ponte, a meia hora de Milão, e as visitas carregavam as expectativas e os medos da segunda vez.

Do lado de fora, o Aimo e Nadia é impessoal. Dentro, paredes de branco brilhante ganham quadros de colorido brilhante, e, por incrível que pareça, continua a discrição. Aimo, o dono, circula pelo salão, enquanto sua mulher, Nadia, cozinha. A filha do casal faz as vezes de sommelier. Deixamos a escolha dos pratos por conta da figura séria, encantadora e barriguda do senhor Aimo. Passados os antepastos, um sauvignon fumê, do Vêneto, escolta a massa verde ao molho de agrião, manjericão e tomate, coroada com musse levíssima de ricota e lufadas de azeite. Lula baby, trilha, abobrinha e tomatinho com purê de feijão-branco e arroz selvagem. De novo, azeite extravirgem. "Não uso manteiga nem creme", disse Aimo.

Um chardonnay da Sicília chega com a massa al dente e picante. O vinho é uma lança, uma armadura que desce bem com o molho de pimenta dedo-de-moça. Depois desta levantada, vem uma musse de morango do bosque com vinagre balsâmico. Os petits fours? Barquete de framboesa. Redondinhas e brilhantes, as frutas fazem cócegas na língua. Creme de baunilha com grãos de café. E trufas de chocolate seguida de uma taça de grappa.

Do Antica Osteria del Ponte, lembrava-me da ponte, da lua, da espiadela na cozinha com panelas de cobre e luz dourada, e do banquinho de veludo vermelho, ao lado da mesa, para deixar a bolsa. Na segunda visita, em vez dos lugares dentro do salão de pedra, guiaram-nos para um jardim cercado, nos fundos da casa. O cheiro era de campo, como todos os seus prazeres bucólicos de grama molhada e seus desprazeres mundanos de chão de estábulo. Logo, logo, o jantar distraiu o cheiro. O Pinot Nero Riserva 93, de Piero Zabini, defendeu os medalhões de lagosta com arroz basmati e tomates frescos, e os raviólis de ricota de cabra com creme de favas verdes e presunto frito. Serviu-se o Barolo 82 Gran Bussia, de Aldo Conterno, e a mesa se entreteve com risoto de aspargos verdes, pombo com foie gras, e polpetone de galinha-d'angola ao vinagre balsâmico e molho de cerejas frescas.

O cheiro bucólico, que já havíamos esquecido, é notado pelo maître, que discretamente acende um incenso no canto do jardim. Chegam os queijos, uma de minhas perdições. Roblochon, comté, coulommiers, gorgonzola de Abiantegraso, cabra com pimenta. Chegam sozinhos? Quisera... Eles vêm com um Marsala Superiore d'Oro, San Pellegrino. Aparece o chef. "Você era o anjo que estava na cozinha", se empolga minha amiga. Licença poética — bochechas rosadas, elétricos cabelos brancos e nariz pontudo, o chef está mais para duende que para querubim. "Um bruxo, então", derrete-se a amiga.

Todas as conjecturas se esmaecem com a aproximação do melhor palmier do mundo. Nem nossa vizinha, com bolsa Vuitton, sapatos Gucci e cachorrinho comportado embaixo da mesa, nem seu marido com olhar comprido de curiosidade, "Quem serão estas cinco criaturas felizes falando esta língua estranha?", ninguém nos desconcentrou para o passo seguinte. Um Mufatto della Salla 94, Antinori, gelado, frutado e doce na medida certa, nos esperava com o pudim de chocolate com crosta crocante de caramelo, o sorvete de alcaçuz, a musse de chocolate branco ao vinho do Porto branco com mel de acácia e frutas do bosque, e a compota de morangos silvestres com gelatina de mel e vinagre balsâmico.

Na saída, a ponte, a noite estrelada e o cheiro bucólico que agora é só prazenteiro.

Paul Auster? Que Paul Auster?

Formigas

Sabe essas amigas super, hiper, ultra-analisadas, que têm sempre uma frasezinha de efeito, um chavão que te deixa fula da vida? A pior delas sendo: "Não adianta fugir, o melhor é enfrentar o problema." Eu não fujo. Eu corro, me escondo, me lanço longe de duas entre as piores coisas que podem acontecer com a gente: casa infestada de formigas e amor platônico.

Não tenho pesadelo com formigas. Contanto que estejam longe de mim, aceito até que elas sejam importantes para o equilíbrio ecológico. Serão?

Já convivi bem com elas. Em criança, deitada na rede, às vezes me espichava para olhar de perto uma trilha de formigas, daquelas gorduchas, carregando pedacinhos de folhas exuberantes. E observava: a folha é sempre verdíssima. E concluía: um verde mais ou menos não deve servir.

Também já comi formiga. Foi um prato de farofa de tanajura na casa da babá Vitalina, no Vale do Cuiabá, em Itaipava. Menina bem-treinada, não ousaria recusar coisa alguma num almoço para o qual fui convidada. Também não era boba: Vitalina tinha corpinho de lutador de sumô. Filha de polonesa com alemão, a babá trouxe algumas convicções no sangue. Achava que alho era a melhor vitamina possível (Minhoca passou anos recendendo a alho. Hoje minha irmã vitaminada anda de Harley-Davidson, escala pedreiras e desce corredeiras). Vitalina acreditava também que tanajura era bom para os olhos. Para os olhos não sei, uso óculos, mas ao paladar agradou, parecia farofa de bacon.

Afora essas duas conexões — uma contemplativa, outra gustativa — sempre preferi a formiga lá e eu cá. Preferi e consegui. Até morar sozinha.

Terceiro dia no apartamento, mil resoluções na cabeça, começo o dia na sala comendo melão, sentada em minha cadeira Charles Eames. Um quadradinho de melão escapa do prato e vai ao chão. Imediatamente — não chegou a três segundos — apanho o pedaço. E sigo lendo jornal, vendo TV e pensando na vida, três coisas que combinam à maravilha com uma Charles Eames.

Daí a pouco percebo pelo canto do olho um ponto preto na mão direita. Entretida com a leitura, não dou bola. Mas o ponto preto vai subindo, subindo. Que diabos é isso? São formigas, bilhões de formigas minúsculas que cercaram a Charles Eames, escalaram os pés da poltrona, galgaram os braços da cadeira e agora se refestelavam em meu colo.

É inacreditável. Deviam estudar as formigas no serviço secreto. Onde se escondem? Como fazem para sobreviver camufladas sem água ou comida à vista? Como planejam em conjunto o ataque-surpresa? A ofensiva é sempre bem-sucedida como foi a investida contra mim e Charles Eames?

Deviam também mandar estudar a reação de quem sempre se esquivou de formigas e que, quando atacada em casa, morando sozinha pela primeira vez, debate-se com seus princípios e solta seu instinto homicida. Hoje, não fujo, corro ou me escondo delas. Eu mato.

Diamante Negro

Aos 13 anos comprei na Disney um broche de plástico que dizia: "Amo você mais do que o próprio chocolate." Nunca me apaixonei a ponto de invocar a máxima do button, seja porque sou uma insensível, seja porque chocolate é mesmo muito, muito bom. Por aí você pode calcular o esforço que foi a promessa de não comer mais chocolate belga se o Brasil perdesse a Copa.

Quase quebrei o juramento, possessa que estava com minha seleção no primeiro tempo. Nessas horas, dá uma nostalgia enorme de uma Copa que não acompanhei, dá uma inveja violenta de quem se lembra com emoção dos lances que jogou ou que viu na Copa de 70. Esse clubinho tem um ar de "a gente era feliz e sabia"; estou fora!

Para piorar, comprei o livro *Futebol, the Brazilian way of life*, do inglês Alex Bellos, que é correspondente no Rio dos jornais *Guardian* e *Observer*. Agora, com a prosa envolvente de Alex Bellos, fiquei com saudades de um tempo ainda mais remoto — o da Copa de 1938.

Você tem todo o direito nesta altura de me desprezar: ué, ela vai começar de novo com aquele papo de nostalgia e clubinho? Não é isso. Meu interesse na Copa de 38 na França é um só — o Diamante Negro.

Se fosse para botar banca, ao estilo clubinho, diria que sinto falta de ter visto Leônidas da Silva chutar descalço e acertar um gol que deixou o pequeno estádio em Estrasburgo de queixo caído. Os jornalistas europeus gritaram "bravo, bravo, bravo", o Brasil ganhou de 6 a 5 da Polônia, terminou a Copa em terceiro, mas Leônidas foi eleito o melhor jogador. Os franceses — sempre tão franceses, diria o conselheiro Acácio — apelidaram-no *Le Diamant Noir*.

Pois o Diamante Negro voltou tão famoso para o Brasil que a fábrica Lacta aproveitou para lançar uma barra de chocolate chamada, adivinhem, Diamante Negro.

E foi com um Diamante Negro que vivi um dos momentos mais luxuriosos de minha jovem vida balzaquiana. Aconteceu num spa, em Angra dos Reis. Ok, Ok, fui a um spa, todo mundo tem seu momento anta. É claro que emagrecer é fechar a boca, mas eu era uma pobre mocinha ingênua. Tão pobre que escolhi o pacote em que dividiria um quarto. Tão ingênua que achava que as pessoas procuravam um spa para perder peso. Santa ingenuidade.

Descobri que a maioria procura um spa atrás de aventura sexual. Aquilo de comer torrada de pão integral, suco aguado de mamão e copinhos de extrato de beterraba é fachada. Para essa gente, regime aumenta a libido. Isso para mim teve mais impacto do que todas as aulas de catecismo juntas. Subir aos céus, estar sentada à direita de Deus Pai, criador do Céu e da Terra, nada disso se comparava a alguém ter mais desejo só porque substituiu a carne pelo suquinho de beterraba. Pior: as pessoas procuravam aliciar companhia para as aventuras. Tudo induzia ao pecado: a cartomante comentando que sua energia sexual estava "represada", o casal esbelto que lançava olhares lânguidos na esperança de um swing, a companheira de quarto — loura e sílfide — para quem toalha de banho só foi feita para enrolar o cabelo molhado.

Por obra de Deus Pai, escapei de todas essas ameaças. Por sofrer de pressão baixa, fui afastada da caminhada matinal de quatro quilômetros, do vôlei de praia e da hidroginástica ao sol do meio-dia, atividades prestigiadas pelo casal swing. Por pura sorte, vagou um quarto e fui a sorteada para ocupá-lo — sozinha.

Quando pensava que estava livre de todas as tentações, resolvi dar uma espiada na lojinha do spa. Por entre chapéus ridículos e biquínis mínimos, encontrei e surrupiei um Diamante Negro. Corri para o quarto, fechei as cortinas, apaguei o abajur, rasguei a embalagem e quebrei um pedacinho da barra.

O pedaço de chocolate se dissolvendo quente entre a língua e o céu, creia-me, teve gosto de gol de vitória em final de Copa.

Loucuras e Delícias de Mu

dar de Casa e Manter Amigos

Passei metade da vida sendo treinada para ser educada e, creia em mim, isso atrapalha. Como é que eu mando duas pessoas que convidei para minha casa calarem a boca?

Meu Primeiro Loft

Na primeira vez que pisei no apartamento, os inquilinos ainda viviam lá. Um detalhe me chamou a atenção: não existia à vista um livro, um dicionário, uma Listas Amarelas, um panfletinho de anúncio de pizza que fosse. Que gente mais louca, pensei. Hoje, dou razão ao jovem casal: livros pedem estantes, estantes requerem espaço, espaço exige obras.

O que era um sala-e-três-quartos pequeno vai virar um sala-e-quarto no capricho, mas não ouso empregar este termo porque os amigos logo complementam: "Ah, vai transformá-lo em loft." Homessa! Então agora sala-e-quarto virou loft? Mas quem sou eu para duvidar... Sou do tempo em que cubas eram pias; luminárias eram lustres, spots ou abajures; piso flutuante era tábua corrida.

Também sou do tempo que se acreditava ser o máximo dormir junto. Agora é out.

— Por que você não desiste de uma queen size e compra uma cama de viúva? Ia ficar com mais espaço no quarto — argumentou o amigo.

— Poxa, essa é cruel. Então você acha que nunca vou ter um namorado para passar um fim de semana comigo no (rendi-me aos tempos modernos) loft?

— Bobagem. Esse negócio de dormir junto não se usa mais. Aliás, é hábito que os burgueses copiaram dos pobres, ou você já viu a realeza se amontoando num quarto?

Não soube responder. Mas se alguém mais perguntar: "E a decoração, vai ser cozy?", posso afugentá-lo com uma explanação sobre a palavra conforto. Sua raiz latina é *confortare* e por séculos foi sinônimo de fortalecer ou consolar. "Comforter" era o Espírito Santo, em inglês. No século XVI, os advogados ingleses chamavam de comforter alguém que tinha sido cúmplice de um crime. Mais tarde, confortável passou a significar tolerável ou suficiente. É daí que vem a expressão comfortable income — renda boa, mas não exagerada. O sentido atual de bem-estar físico e de prazer só chegou no século XVIII. Mas a palavra comforter persistiu: o que no começo era o Redentor, na Inglaterra vitoriana designou um longo cachecol de lã e, hoje, é o nome de uma colcha de matelassê.

Mas não me pergunte como cozy virou aconchegante, era querer demais. Meus neurônios estão tomados. Viga mestra, rejunto, cortador de cerâmica para a instalação de ralos redondos — esses são os assuntos a me inundar.

Descobri que não basta ter dinheiro para comprar um ar-condicionado de parede. Pode ter uma viga atrapalhando. A firma que fez o melhor orçamento vai ter que voltar e checar tudo de novo. E talvez orçar tudo de novo.

Escolher ou gastar, não sei o que é pior. Queria que o chão do loft fosse o retrato da minha alma. Alma conflituosa. Fiquei entre uma imitação de madeira que fazia lembrar piso antigo de fazenda (para ficar cozy, sabe?), uma madeira quase branca (meu momento clean) e outra, cor de maple.

— Filhinha, você não acha que a cor é muito amarela? Você não gosta de amarelo — argumentou minha avó.

— Isso não é amarelo, Sarita. Amarelo foi aquele outro que a Ana Cristina vetou. Este aqui é meio caramelo, meio castor — explicou Julieta.

— Vó, este piso é cor de maple!

— Ah, se é maple, tudo bem — disse a vovó.

É, ela estava me gozando.

Escolher o piso com a cor do "mel canadense" até que foi fácil. Difícil vai ser enfrentar pela primeira vez a vida sozinha. O que acontece quando aparece uma barata? Com quem a gente divide a ameaça, o horror, o nojo? Basta encher a casa de spray, diria você. Ah, é? Porque não é você que depois vai deitar sozinho numa cama de viúva. Ou será queen size?

Socorro!

Já passei roupa. Mas nunca tinha aberto uma tábua de passar. Os Danoninhos, os diplomas estrangeiros, o convívio com imortais na ABL, nada me preparou para montar uma tábua de passar roupa. O problema começou na origem: "Compra a tábua de pés cruzados porque equilibra melhor. Se encontrar somente a de pés paralelos, tem que testar assim que chegar em casa para ver se não está bamba", instruiu uma de minhas assistentes para assuntos domésticos.

Nas revistas de decoração, a tábua de passar sai de um armário. Na vida real, ela mal cabe no táxi, que dizer na área de serviço estreita. Então você a leva para o quarto de empregada, que é só um pouco maior, e toma o maior cuidado com as paredes recém-pintadas. Você puxa uma perna e a outra empaca. Você destrava um ferrinho vagabundo que parece não servir para nada, mas a tábua não responde. E aquele aramado que pende da barriga da tábua? Serve para quê? Liguei para uma das assistentes.

— O aramado é para botar a roupa passada.

— E se eu arrancar, o que acontece? Vai impedir que eu abra a tábua?

— Acho que não.

Arranquei o aramado. A essa altura já estava suada, com um roxo na perna — um dos pés paralelos atacou minha coxa — e a ponto de mandar toda a minha roupa para a lavanderia. Então a tábua se abriu. E ela estava bamba? Não me aventurei a testar. Ela podia se soltar, atacar minha outra coxa, jogar-se contra uma parede e acertar meu queixo. Tampouco me arrisquei a fechar a tábua. Ela está aberta no quarto de empregada, entre três malas, um armário de vassouras e a caixa do aspirador de pó. Ai! O aspirador de pó! Só mexo nele com a S.W.A.T. do lado.

O aspirador de pó e a tábua de passar fazem parte de uma lista mínima de compras para poder me instalar no apartamento novo. Lista esta elaborada por quem me quer muito bem, acredito, mas ainda assim... Vamos à lista:

Abridor de garrafa.

Abridor de lata.

Batedor de bife. Risquei: não gosto de bife batido.

Batedeira de bolo. Para quê? O último bolo caseiro realmente gostoso que provei foi há vinte anos.

Bacia para calcinha.

Colher de pau.

Concha.

Chaleira.

Espremedor de batata.

Escumadeira.

Espremedor de alho inox autolimpante. Autolimpante? Lembrei: é aquele com o pininho.

Espremedor de laranja. Comentário de um amigo solteiro:

— Você vai ter empregada? Se não, esquece o espremedor de laranja. Você só vai tomar suco quando estiver passando em frente a uma loja de sucos.

Escorredor de massa.

Escova para a cozinha. Quer dizer, para a pia. Porque também é preciso escova para o tanque, para o banheiro e para a casa. E olha que não incluí a escovinha para unhas!

E a lista continua com pegador de gelo, peneira de plástico, pirex, potes para mantimentos e mancheias de itens. Descartei de cara o quebrador de nozes. Para quê? Compro as nozes sem casca.

Não questionei o rolo para amassar massa. Com empregada, tem serventia para os raviólis. Sem empregada, serve para matar barata. E as frigideiras? Pequena e antiaderente, para o ovo estrelado; média, para a farofa; e grande para tudo o mais. Tudo o mais abrange pancada na cabeça?

Ligo interurbano para Ana Luísa dando os parabéns pelo nascimento do meu segundo sobrinho, Henrique. Da cama do hospital, minha irmã — que soube da lista de compras pela avó — pergunta:

— Você se lembrou do minirrodo para a pia? É fundamental.

Socorro! Esqueci o minirrodo.

Café na Cama

Um amigo provocador aguardava ansiosamente notícias minhas sobre o espremedor de laranja — para ele, um eletrodoméstico inútil; para mim, uma das esperadas aquisições para a primeira experiência de morar sozinha. Querido, você está tripudiando sobre minha inocência. Pelo visto, o aparelho vai ter o mesmo fim que um par de sandálias de salto altíssimo que comprei num impulso. Vez por outra, tiro a caixa do armário, calço as sandálias e me imagino dez quilos mais magra, de vestido de noite, entrando numa festa com um homem louco por pés. Os loucos por pés existem, é fato. O difícil é dançar com esse tipo de sandália.

O mesmo acontece com o espremedor de laranja. Poderia argumentar que sonho com o suco feito na hora, tomado na cama de manhã, em começo de namoro. Namoros ainda existem, é fato. Difícil, diria um espírito de porco, é o encantamento mútuo durar mais que o prazo de validade da laranja.

Vou acabar comprando o suco de caixinha. Mas não abro mão do sonho de pelo menos um café-da-manhã na cama.

Vida Doméstica

Houve uma amiga que depois da primeira transa, aos 19 anos, comentou entre séria e divertida: "Então é isso? Fui enganada!". Mais tarde ela mudou de namorado e trocou de idéia, mas a frase virou bordão na turma para qualquer situação em que a gente se sinta lograda, decepcionada. Está sendo assim a façanha de morar sozinha.

Ninguém me preparou para esta convivência comigo mesma em tempo integral, sem distrações incríveis ou big perturbações. Sim, porque a emoção máxima está sendo lutar contra formigas e o êxtase maior, manejar o controle do DVD.

Ok, Ok, é exagero, mas não fica longe da realidade. Será que emancipação rima com desilusão?

Na dúvida, agi como toda mulher empreendedora e de espírito audaz. Fiz uma lista do que esperava encontrar e do que encontrei de fato:

1) Vizinhos do prédio em frente.

Não tem Freud, não tem maturidade, não tem ceticismo que agüente vizinhos que têm varanda com visão frontal de sua sala de estar e nunca, em tempo algum nesses dois meses, quiseram dar uma espiadinha no seu apartamento. *O tempora*! Por que gastei tutano e reais com uma respeitável persiana se mais ninguém é voyeur?

Em seriados americanos, funciona. Na vida real, não existe vizinho louro, alto e solteiro. Condição número um para um homem morar no apartamento com varanda que dá de cara para a minha sala de estar: ter mulher e filho.

2) Visitas ao supermercado.

Primeiro, é preciso esclarecer detalhes do passado. Meu amor por árvores só é igual na paixão pelas visitas aos supermercados. Santiago do Chile, Orlando, Viena, Cidade do Cabo, Barcelona, Hong Kong? Pode procurar que vai me achar num supermercado. Não existem museus, centros de artesanato ou sítios arqueológicos que revelem melhor a cultura de um povo do que as gôndolas de um hipermercado.

Se a cidade for menor, você me acha no mercadinho da esquina.

Então é claro que devo estar adorando ir ao supermercado, certo? Ai, ai. Não há encantamento que resista à segunda compra de amaciante, detergente, querosene — é para limpar os vidros da janela, sabia? — e caixinha de palitos.

3) Flores em casa.

Quando eu tiver minha casa vai ter flor na cozinha, na sala e no quarto. Afinal, uma das vantagens de morar no Brasil é a profusão de plantas. Rá, rá, rá! E o adubo, quem é que compra para mim?

4) Andar na Lagoa.

Tem chovido tanto, né? Deixa o tempo abrir.

Mas já posso adiantar que o manguezal plantado ao redor da Lagoa Rodrigues de Freitas para proteger os siris não perturba minha visão dos esquiadores e suas colantes roupas de borracha.

5) A cama king size.

Virou queen size, mas ainda está ótima porque o colchão é grande. E firme demais! Acordo com metade do corpo dormente. E tento não pensar que entre os lençóis e o colchão um protetor supostamente me defende contra ácaros e poeirinhas. Tem coisa menos romântica que ácaros?

5) Leitura.

Tempo e disposição para a leitura são características da vida doméstica solitária, certo? Então você compra a-que-la poltrona, a-que-le abajur de pé e a-que-la lâmpada sobressalente (êta mulher previdente!). Depois, tempera o suco de tomate, ajeita a lombar na cadeira, apóia o pé na banqueta, ajusta o foco de luz e começa a ler... manuais. Da máquina de lavar, do videocassete, do rádio-despertador, da cafeteira, do telefone sem fio.

6) O quadro de avisos.

Ninguém cresce vendo filmes americanos impunemente. O quadro de avisos pode ser de cartolina, de plástico ou simples quadradinhos amarelos de papel fixados na porta da geladeira. Nos dizeres, os recados: apanhar o vestido na lavanderia, alimentar o gato, drinque com as meninas no sábado antes do tênis. Eu não tenho quadro de avisos; anoto os lembretes num bloco pautado. O recado desta semana é: "Não esquecer de comprar cinco parafusos-escápula nº 8 com bucha."

7) A vida amorosa.

Só depois que andar na Lagoa, trocar o colchão, comprar os parafusos. Mas já sei que não vai ser com um dos vizinhos.

Homens Demais

Nunca houve, como agora, tantos homens ao mesmo tempo em minha vida: homem da TV, do som, do colchão, da cortina, da estante, do mármore, do telefone, do gás. Uma variedade de tipos que espelham o que existe por aí: o cara-de-pau, o homem-miragem, o atrapalhado, o charmoso, o rarefeito e o cortês.

O cara-de-pau acha que mulher nasceu ontem. É o espertalhão com verniz social — se expressa bem, picha os taxistas que fazem xixi no canteiro da Lagoa, comenta a má qualidade do ensino básico — e tem a coragem de cobrar 650 reais pelo conserto do colchão que ele próprio lhe vendeu por 900, mas entregou fora das especificações combinadas:

— Vou dar um jeito. Vamos cortar na costura para não estragar o tecido, e mexer na estrutura da espuma. Depois vai ter o custo do conserto, é claro.

A mulher que não nasceu ontem se recusa a pagar pelo conserto, despertando no espertalhão o homem-lentidão — dez dias para ir apanhar o colchão feito fora da medida e nenhuma previsão de prazo de entrega do modelo certo.

O rarefeito chega na hora marcada, faz uma explanação dos perigos de uma instalação de gás malfeita, aceita um copo de suco de pêssego, elogia o acabamento das obras na cozinha e avisa: os homens que vão, de fato, trabalhar, só aparecerão no dia seguinte.

O cortês é tão educado, tão caprichoso e tão correto que você não chora na hora de pagar a conta da estante, e ainda gostaria de ter uma filha para a apresentar ao rapaz.

O atrapalhado é sempre bonzinho e simpático. Fica nove horas em sua casa e sai de lá sem ter feito o trabalho, porque só descobriu aos 45 minutos do segundo tempo que a largura da persiana da sala estava exagerada e a cortina do quarto, curta demais.

O charmoso é encantador porque é um salvador da pátria, ou seria salvador da pátria porque é encantador? Você nunca vai descobrir, mas sabe que pode contar com ele para ligar o telefone, decifrar o disjuntor, prender o ímã de facas e fixar o quadro com o desenho de Tintim e Milú.

O homem-miragem é o supra-sumo da habilidade, eficiência e honestidade até prova em contrário. Ele a seduz quando fala com desenvoltura sobre os 28 metros de cabo de internet, os 30 metros de canaletas, os cinco divisores, os 15 conectores, o amplificador de sinal interno, os conduítes e os três cabos de supervídeo.

É — nunca imaginei que reclamaria disso um dia —, às vezes há homens demais. Para compensar — nunca pensei que um dia viesse a me vangloriar disso

— felizmente existem mulheres em abundância: Sarita, Lídia, Yvonette, Maria, Julietinha. Mulheres generosas, eficientes e bem-humoradas, que me ajudaram a lidar com esses homens.

Bonitinho esse final, hein? Tão sutilmente feminista. Mas em breve termina a mudança e a casa vai virar um deserto de problemas e de... homens. É a velha história: difícil com eles, horrível sem eles.

Pêlo de Coelho Vivo

Segunda-feira, em jantar com um casal 20 (bonitos, inteligentes e interessantes, moram no Leblon num prédio com fachada de pedra), a mulher comentou que não entende quem não deixa um recado claro em secretária eletrônica. "Não agüento aqueles recados estridentes do tipo 'Liga para mim com urgência, tá?'. Custa dizer o dia e a hora em que está ligando? Nessas horas, a etiqueta faz uma falta danada." A etiqueta sempre faz falta.

Quando não é o recado relapso na secretária, é alguém que atende e pergunta "quem gostaria". Por que o futuro do pretérito? Não seria (aqui, a condicional é pertinente) melhor perguntar logo "quem quer falar?". A mulher nota dez citou outra norma: "Quando cai a ligação, quem liga de volta é quem telefonou e não quem recebeu a ligação. Facilitaria tanto a vida, se as pessoas respeitassem essas regras...", suspira a mulher nota dez. Na verdade, por trás desse papo sobre normas e etiquetas, existe um certo desencantamento. Onde estão a cortesia, a polidez, a educação?

Há que ter um mínimo de compostura. Se formos nos deixar guiar pela apatia estética e de conduta, logo, logo o cenário será só de chinelos de dedo, palitos nos dentes e flatulências à mesa. Enquanto a Terra levou 4 bilhões de anos para chegar ao que é, a involução é instantânea. Não faz muito, no *Quattrocento* italiano, nos banquetes de Ludovico Sforza, dito *Il Moro*, coelhos eram atados às cadeiras para que os comensais limpassem suas mãos gordurosas. Na falta de coelhos vivos de longo pêlo, os convidados limpavam as mãos nas toalhas mesmo. Depois das refeições, os coelhos eram levados para a lavanderia e lavados junto com os panos. Dá para imaginar o estado em que ficavam as toalhas.

Quem não se conformava com isso era Leonardo da Vinci, conselheiro de Fortificações e Mestre das Folias e Banquetes na corte dos Sforza. Um vanguardista, mas acima de tudo um sensível, Da Vinci não considerava próprio para aqueles tempos da Renascença hábitos de tal forma desarmônicos. Foi então que teve a idéia de criar o guardanapo: "*Penso que deveria ser dado a cada um dos comensais um pano individual, que, uma vez sujo por mãos e facas, poderia ser dobrado, de modo a não conspurcar a aparência da mesa com suas imundícies*", escreveu o gênio.

Leonardo não só lançou o guardanapo como inventou estilos diferentes para dobrá-los e apresentá-los à mesa. De nada adiantou. Na estréia, os comensais usaram o guardanapo para assoar o nariz.

Crise do Espelho

Tive na adolescência uma vizinha, dona Nadime Dahbar, que era doce figura e fazia os melhores quibes do continente. Quando voltou de Paris, fui lhe perguntar como tinha sido a viagem. "Ah, minha filha, nós nos hospedamos num belo hotel, mas no dia seguinte pedi para mudar. Tinha dois espelhos enormes na ante-sala do quarto. Sempre que eu olhava via um monte de Nadimes. Foi demais."

Achei graça na época, imaginando a senhora séria e rechonchuda multiplicada por mil. Hoje, não riria. A questão é realmente angustiante. No apartamento novo, vejo-me nas janelas da sala, do quarto e da área de serviço (elas são revestidas por uma película amarelada que supostamente reflete os raios solares e ajuda a amainar o calor). Vejo-me na porta da geladeira de aço inox escovado. No painel da máquina de lavar louça de aço inox escovado. Na porta do forno do fogão de aço inox escovado. Tá achando muito aço escovado? Tem mais: uma geladeirinha de vinhos de aço escovado.

Para o banheiro, escolhi um boxe transparente. Para ficar assim clean, sabe como é. Só que em frente ao boxe diáfano está a bancada da pia, encimada por um espelho de dois metros por um. Apenas fui notar o efeito que isso provocava ao estrear o chuveiro. Agora tomo banho de luz apagada.

Tenho a maior admiração por quem adora se ver no espelho. De duas, uma: ou tem auto-estima exagerada, ou gosta de pessoas do mesmo sexo. Nenhuma das hipóteses se aplica a mim.

Tenho tomado banho no escuro, mas a mudança oficial não aconteceu: faltam todas as cortinas e os móveis da sala. O que não me impediu de passar o último fim de semana no apartamento, brincando de casinha. Ou melhor, a casinha brincando comigo.

Ouvi um estrondo de bomba atômica vindo da área de serviço. Levantei-me da cadeira da cozinha (até o momento só existem duas cadeiras em todo o apartamento) para checar o barulho. Foi uma sacola que escapou de cima do armário e caiu no chão. Pode gozar! Quero ver você ficar 48 horas sem ouvir uma TV (a caixa está na sala sem móveis), um vizinho (era o fim de semana do feriadão), vivalma interrompendo sua leitura ou seu vídeo para perguntar onde você guardou o pote com algodão. Parece a glória, não é? Realmente, as primeiras 24 horas são um deleite. Na 25ª, você liga para a irmã nos Estados Unidos, para o sobrinho em Minas, para a mãe, para o pai, para a avó, e sente falta de não ter mantido mais contato com aquela prima tão legal cujo telefone você não tem mais.

Na 26ª hora, vêm as reflexões: deixa de ser besta, não era isso que você queria? Sossego, autonomia, silêncio, ninguém para interromper sua ginástica, seu vídeo, sua leitura. Só que você não está fazendo ginástica, o vídeo depende de TV instalada e os livros estão na casa da avó.

Epa! engano: você encontra três livros na sacola dos talheres e do jogo americano. De cara, descarta o primeiro: tem a palavra Trevas no título. Por melhor que seja o romance policial, trevas são trevas. O segundo livro é *Manual do Mané*, o qual, não bastasse você já ter lido, te faz lembrar que os três autores, que são seus amigos e se auto-intitulam manés, nunca te deram bola. Logo, mané é você. O terceiro livro é de Richard Burton, um dos homens mais extraordinários do século passado (ai, meu Deus, século retrasado!), você lê 106 páginas de uma sentada e vai dormir muito antes de chegar ao fim de *Viagem do Rio de Janeiro a Morro Velho*. Vai tentar dormir, porque a descrição que Burton faz do Rio de Janeiro de junho de 1867, noves fora a sina imutável de mosquitos, doenças e pobreza, era lindo como é hoje e não tinha dona Rosinha e o doutor Garotinho.

Na 48ª hora, você ouve um apito que parece sinal de incêndio. Será a geladeira de aço inox escovado? Depois de ter lido os manuais de todos os eletrodomésticos para ajudar a passar o tempo, você descobriu que a geladeira dispara um alarme se: a) a porta ficar aberta depois de tantos segundos; b) algum alimento se estragar; c) você não lembra qual é o terceiro. Não era a geladeira, era o porteiro no interfone: "Sua avó está subindo."

Em dois minutos, ela trouxe à tona todos os nossos defeitos — os meus e os da casa.

— O colchão não está duro demais? Como é que conseguiu pregar esse quadro sem usar furadeira e o ladrilho não quebrou? Onde é que vai ter lugar para todos os seus livros?

O pior veio em seguida, depois de minuciosa e experiente avaliação do quarto de dormir:

— Minha filha, você não vai botar um espelho no closet?

Desisto!

Cassandra

Eu era feliz e sabia. Por um ano e dois meses, Lídia cuidou de mim. Fazia os sucos mais incríveis, insistia para que eu alterasse a rotina sedentária e andasse na Lagoa, protegia-me dos telefonemas de gente chata, decorava o apartamento com as flores menos caras e mais lindas que encontrava, mimava-me com as receitas mais variadas, dizia que eu não estava gordinha, mas, fofinha.

Lídia era, e é — sem apologia — a amiga que me conhece há trinta anos, e que olhou por mim durante algum tempo. E não foi um tempo qualquer, foi quando proclamei independência e fui morar sozinha. Meu mundo caiu, e caiu feio, quando ela avisou que não ia mais trabalhar lá em casa.

Minha reação: vou viver como os americanos — roupas na lavanderia, congelados em estoque e aspirador de pó novo. Mas a carne é fraca, a despesa seria maior e o condicionamento genético de brasileira falou mais alto e pediu mordomia. Passo seguinte, entrevistar candidatas.

E a preguiça emocional? Receber as pleiteantes, discutir os detalhes, combinar os horários, especificar o serviço. Uma, duas, três, quatro vezes. Ter de escolher. E ter de dizer não.

Beth me salvou. Disse que Sandra, sua faxineira, estava com dias livres na semana. Marquei de conversar com ela e me animei. Desta vez vai ser diferente, prometi a mim mesma. Nada de me envolver, de me apegar, não vou querer saber da vida particular da moça, vamos nos comunicar com muitos bilhetes e pouca conversa.

Sandra chegou para a entrevista — que era só para constar, porque indicação da Beth vale mais que decreto real. O papo foi rápido e direto. Ela já estava se despedindo quando deu meia-volta e tirou da bolsa um embrulho. Disse que eram fotografias que acabara de receber do filho que tinha ido morar na Suíça. E acrescentou:

— Estou tão feliz. São as primeiras fotos desde que ele se mudou.

Olhei a primeira fotografia. Achei que tinha me enganado. Olhei a segunda. Não tinha me enganado: o rapaz era um travesti.

Diante da naturalidade da mãe, disse a primeira coisa que me passou na cabeça.

— Ele se parece muito com você.

— É, mas ele não gosta do nariz e do queixo, diz que vai operar.

— Sério? Achei o nariz dele bonito.

— Ele também vai mudar de nome.

— Vai?

— É. Diz que vai mudar para Cassandra para ter sempre a mãe com ele.

— Que bonito.

— Ele... ela, eu ainda não me acostumei, é muito especial.

Senti que Sandra queria, e precisava, falar mais sobre o filho. Novamente, disse a primeira coisa que me veio à cabeça.

— Morar na Suíça é tirar a sorte grande. A qualidade de vida lá é o máximo.

— Ele me disse que está adorando. Ele... ela me liga toda semana. O mais importante para uma mãe é ver o filho feliz.

Eu continuava segurando as fotografias. Ela continuava me fitando com uns olhos que misturavam saudade, nostalgia e carinho. E que estavam a um passo de se encherem de lágrimas.

Comentei uma das fotos para despistar a emoção.

— Está elegante o decote do vestido.

— Eu costumo brincar dizendo que ela é minha Roberta Close.

— Ela também fez a operação?

— Não, ela não quer.

De novo, disse a primeira coisa que me ocorreu.

— Melhor, né? Assim fica com mais opção.

Nos despedimos. E liguei para a Beth.

— Conheci a Sandra.

— Ela não é ótima? Te contou do filho? Ela quer mandar para ele uma peruca de cabelo de verdade. Na Suíça, custa uma fortuna. Sabe de alguém que tenha uma peruca sobrando?

Já estou vendo o futuro: vou acabar me envolvendo.

De Volta para Casa

Recordar é viver, reza o ditado. Recordar é uma merda, pensava eu voltando para o Rio pelas estradas de Minas. São João Nepomuceno, Roça Grande, Bicas, Matias Barbosa, diziam as placas. Namoros desfeitos, pais separados, inocência perdida, dizia o coração. Mas durou pouco. Logo vieram as boas lembranças: beijos, risos, fogão a lenha, banho na represa, noites multiestreladas.

Juiz de Fora, Três Rios, Pedro do Rio, Itaipava. Enquanto ia deixando para trás o mix de prazer e dor da adolescência, bateu uma saudade louca de casa. Não das casas partilhadas do passado, mas da atual, propriedade exclusiva — o meu apartamento. Rapidinho, as lembranças ficaram onde deviam, na prateleira dos guardados queridos. Olhando o Rio lá embaixo, quis minha sala, meu quarto, minha vida.

Parei no acostamento e liguei para a empregada.

— Não vou passar em casa, estou indo direto para o jornal. Tudo bem aí?

— Tudo bem. O quadro novo, aquele da moldura branca, estava caído no chão quando eu cheguei. A calça preta... passei gelo mas a marca de chiclete não saiu. Sabe o spot de luz que você comprou? A lâmpada queimou de novo. Ah, e a torneira do seu banheiro enguiçou.

Agradeci as notícias e desliguei o celular com um tchau animado. Fingir ter sempre controle da situação, eis o segredo da boa dona-de-casa. Mas, noviça que sou nas lides domésticas, tinha que espairecer. Saí do carro para respirar e curtir a vista do Rio ao longe. Preocupação com assalto? Medi as probabilidades. O que é mais fácil de ocorrer às 11 horas da manhã de uma segunda-feira de dia radiante no acostamento de uma estrada encravada na Mata Atlântica: ser assaltada ou saber que seu quadro caiu, sua calça manchou, sua lâmpada queimou e seu chuveiro enguiçou?

No dia seguinte, botei mãos à obra. Requisitei a presença do tio Arnaldo com prego e martelo. Convidei um vizinho que é engenheiro para um cafezinho — a lâmpada estava ótima, o problema é o transformador. Achei uma camisa que esconde a mancha da calça. E o bombeiro, amigo de longa data, tinha na maleta a rosca certa para a torneira. Quem disse que vida doméstica é um drama? Drama foi receber naquela noite, pela primeira vez lá em casa, o primo embaixador que tem mania de cozinhar.

— Você tem balança?

— Ih... Tenho não.

— A minha é digital. Comprei na Bélgica.

Entreguei-lhe um medidor de plástico.

— Onde você guarda o rémouleur?

— O quê?

— O amolador. Esta faca está pedindo para ser afiada.

Ah!, amolador, eu tenho. Mostrei onde estava, ele usou, aprovou e sossegou. Por uns minutos.

— Onde está o batedor de ovos?

— Aí à sua esquerda.

— Não tem menor?

Não tinha menor, mas mesmo assim o jantar foi um sucesso. Sucesso demais, até. Não bastasse cozinhar bem, o primo que é cinco anos mais velho parece dez anos mais novo que eu. Imagina o desaforo que é ter um primo que é a cara do Tom Cruise melhorado, e você nunca ter provado uma casquinha disso.

Fui dormir achando que tinha faltado um biscoito, um palmier gostoso para escoltar o sorvete do jantar. Depois do fim de semana prolongado fora de casa, era a hora de cuidar das coisas simples que botam a cabeça no lugar e valem dez sessões de análise: na manhã seguinte iria ao supermercado.

Fui, lembrei do palmier e também de uma tonelada de outras coisas, o que me obrigou a mandar entregar as compras. Mas não sairia de mãos abanando. No último minuto, peguei um vaso de begônias amarelas. Estava feliz, de volta ao Rio, e andar alguns quarteirões margeando a Lagoa faz bem à saúde. Três quarteirões depois, não sei se foram as begônias ou o ar saudável da caminhada, espirrei com tamanho vigor que contraí um músculo nas costas.

Com o vaso de begônias nos braços, o pescoço rijo e o medo de tropeçar, segui para casa tentando não pensar no transformador que falta comprar.

Affair Milanês

Pão de milho saído do forno, três almofadas para o sofá ficar no jeito, a promessa que fiz a mim mesma de não tomar bloody mary às seis da manhã e a dúvida: dá para ver jogo do Brasil acompanhada? Passei metade da vida sem poder dar um pio durante uma partida do Flamengo ou uma corrida de Fórmula 1. Achava que era mania de um pai déspota. Era inteligência.

Já bastam os nervos em frangalhos e o esforço para descobrir se a jogada deu falta. Conversa relevante é impossível. Então a amiga pergunta:

— O Ronaldinho está no Inter de Milão, né?

— É.

— Quem mais do Brasil joga lá?

— E eu sei?

A outra amiga volta da cozinha com o pão de milho.

— Já disse que comprei uma coleira verde e amarela para a Tetê?

Só tenho ouvidos para o Felipão gritando "vira, vira" e não respondo. Mas nada inibe o entusiasmo das duas.

— O Roberto Carlos é tudo, né?

— Se bem que o Denílson é saúde pura.

— Ué! O jogo vai ficar nessa bola presa?

Passei metade da vida sendo treinada para ser educada e, creia em mim, isso atrapalha. Como é que eu mando duas pessoas que convidei para minha casa calarem a boca?

— Meninas, vamos combinar uma coisa? No segundo tempo ninguém fala nada para ver se dá sorte e o Brasil ganha.

Ninguém falou e o Brasil ganhou.

Ia começar Itália e Equador quando concordamos: 8h30 já era horário decente para um bloody mary. E porque a Itália não é o Brasil, deixei-as falar.

— Quem da seleção joga no Inter?

— Que fixação é essa com o Inter?

— Tenho minhas razões...

— Ih, vai fazer mistério, é?

— Se a Ana prometer não botar o meu nome verdadeiro no jornal...

Essa amiga, vamos chamá-la de Maria, viajou certa vez com uma prima para a Itália. Tudo deu certo até chegarem a Milão: o hotel reservado não tinha charme, detalhe imperdoável para uma dupla romântica que desejava prédios antigos e sacadas como o balcão de Romeu e Julieta. Vasculharam a cidade e encontraram um hotel com sacada na rua Rovelo, que tinha embaixo um restaurante com o mesmo nome. Por comodidade e prazer — o menu tinha um sformatto de queijo de cabra quente com espinafre, castanhas e mel que Maria adorava —, almoçavam ou jantavam no

Rovelo diariamente. Por isso marcaram lá a despedida. A prima iria embora naquela noite e Maria no dia seguinte.

Na hora de pagar a conta, o gerente não deixou. Ficara sabendo que era o último almoço das duas em Milão, queria que elas tivessem boas lembranças da cidade e puxou mais conversa.

À noite, enquanto a prima voava para o Brasil, o telefone tocou. Era Alessandro, o gerente do restaurante, dizendo que Maria não podia ir embora da Itália sem provar seus amaretti, que são uns biscoitinhos de amêndoas. Maria alegou que não podia descer porque estava arrumando as malas. "Isso não é problema. Eu vou até você", replicou o milanês.

E foi, vestindo terno risca-de-giz Versace e levando champanhe gelado, rosas vermelhas e um pratinho de amaratti. Maria, que pensara que "eu vou até você" tinha sido galanteio inofensivo, retórica, ficou sem ação. Por uns dois segundos, porque o italiano e os biscoitos estavam cheirosíssimos. Tomaram champanhe no balcão e ele resumiu sua vida: era solteiro, morava no andar de cima da casa da mãe, torcia pelo Inter de Milão, gostava de vinhos e só tinha uma vaidade: comprar de vez em quando roupa do Versace.

Maria e Alessandro só se reencontraram duas vezes depois dessa noite no balcão, mas ele liga regularmente. Sempre que o Inter ganha ou perde. E quando Versace morreu.

Virgem de Praia

Sempre ouvi falar dos horrores das altas temporadas passadas na praia: mosquitos, falta d'água, banheiro entupido de areia, banco do carro úmido, cerveja quente, pasta de atum, queimaduras de sol ("Mas era só um mormacinho!"), luta para estacionar, fila para comer fora, briga no supermercado, ausência de TV a cabo.

Por essas e outras — e por falta de um convite para um fim de semana numa casa sensacional, em companhia melhor ainda — eu era virgem de praia. Perdi a virgindade em Guarapari. Mas não perdi a pose: chapéu lindinho com logomarca estilizada do Mickey, óculos da Babilônia Feira Hype, protetor solar Clinique, biquíni tamanho família e um macio camisão com ramagem nas cores bege, dourado e musgo.

No colo, revistas e jornal. No chão, a grossa areia cor de caramelo engolia os dedos e os arcos dos pés. Nunca achei que fosse tão bom ter literalmente os pés plantados no chão. Então, lembrei-me das aulas de simbologia e surtei. Será que o simbolismo da areia vem da quantidade de seus grãos? Buda ensinava que os séculos passados são ainda mais numerosos do que os grãos de areia que há entre a nascente e a foz do Ganges.

Com a auto-imposta incumbência de vigiar toalhas e celulares (para fugir de acompanhar meus atléticos amigos em caminhadas revigorantes), eu vergonhosamente não pensava no rio Ganges. Sentada em cadeira de armar sob a copa de uma amendoeira, toda a atenção ia para a mesinha de madeira fincada na minha frente, coberta com bolinho de aipim, cerveja, caipirinha e ostras frescas. Na praia de Meaípe, fora da temporada, sobram garçons na areia. O Caribe tem isso?

Mesmo sem me preocupar com a distância entre a nascente e a foz do Ganges, eu continuava com a areia na cabeça. Outro simbolismo para ela é o regressus ad uterum dos psicanalistas. A areia que abraça e molda os meus pés afundados nela, isso tudo é sinônimo de útero, de busca de repouso, de segurança. O fato de a gente ir correndo lavar os pés na primeira torneirinha não sei o que significa.

E estava assim, uma ex-virgem com os pés entrelaçados aos grãos de areia, quando a brisa de Guarapari virou um ventinho, chocalhou os papéis e distraiu meu devaneio. Os amigos voltaram da caminhada, pediram mais ostras e cerveja, olharam o mar e partiram novamente para os exercícios, desta vez um passeio na beira d'água. Continuei sentada à sombra com as bolsas, os celulares e as revistas. Nelas, descobri casualmente, juro!, três artigos sobre sexo.

Um deles afirmava que o orgasmo dura entre dois e dez segundos.

O outro relatava o sucesso de uma americana que ganha a vida ensinando como as mulheres podem ter três horas seguidas de orgasmo. Sem ajuda masculina.

O terceiro era um teste-piada que defendia a perda de calorias com exercícios sexuais. O subtítulo era algo como "Sexo é a maneira mais prática e divertida de perder peso". Não vou entrar em detalhes, e comentar bobagens como a do sutiã — se ele for tirado com as duas mãos, são oito calorias; se for com os dentes, são 58. Mas não me abstenho de reproduzir aqui o tópico Tendo um Orgasmo: real, 112 calorias; falso, 315 calorias.

Fazer o quê? Comer.

Fartei-me de moqueca de lagosta e de moqueca de banana-da-terra. Não tem erro: encha o prato com as duas, sirva-se de bocadinhos alternados e deixe Buda e Freud para trás.

Numa rua escondida em Meaípe, provei o melhor bobó de camarão deste planeta.

E nem menciono a moqueca de peixe fresco com camarões, feita pela dona Penha para o almoço na casa sensacional, em companhia melhor ainda, porque não quero matar ninguém de inveja.

Em tempo: o nome Guarapari tem origem na língua tupi-guarani. Guará é uma garça de coloração vermelha. Pary é armadilha ou laço.

Não vi garça vermelha. Aliás, não vi garça alguma, branca ou vermelha.

Precisava?

Eu Me Odeio

Não achava que fosse passar dos 18 anos, por isso vivi até lá fazendo o que devia — estudar — e o que queria — passear. Fiz 18, e diante da inexorabilidade (não ia morrer ainda, então era preciso viver um grande amor), tive o primeiro namorado, que por sorte de principiante era nota mil. Mas como tinha certeza de que não passaria dos 30, não levei o romance ao casamento.

Aonde quero chegar com essa biografia memorável? Desejo provar que o melhor teria sido não ter passado dos 30, porque hoje me odeio: eu vejo o *Big Brother*. E é tudo culpa de Mara Caballero, saudosa amiga, que foi minha chefe no jornal.

No primeiro *BB*, dei uma espiada, vi duas moças lavando pratos e nunca mais liguei a TV no programa. Quando ouvi alguém dizer "coitada da Leka" e perguntei "quem é a Leka", recebendo um silêncio constrangedor de resposta, percebi que não ver *BB* era uma coisa, mas deixar os outros saber disso era outra. Então, escondi a vergonha suprema de não ver *Big Brother*.

Escondi, até que a Mara descobriu.

— Preciso de uma fotografia do Bambam com a Maria Eugênia — pediu ela, assim que terminou o primeiro *Big Brother Brasil*.

Uma anta total não sou, leio jornal e sabia que Bambam, o vencedor do programa, era um boçal chamado Kléber. Mas quem era Maria Eugênia?

— Maria Eugênia, a boneca.

Ah, então o Bambam tinha uma boneca! Consultei o banco de imagens e apresentei o seguinte: uma foto de Bambam sentado numa cama com um bichinho de pelúcia.

— Ana Cristina! Mas você é mesmo uma aristocrata! A Maria Eugênia é um espantalho de lata e madeira de mais de um metro de altura. Você não vê *Big Brother*?

Diante desse delito, fazer o quê? Dar uma espiada no *Big Brother Brasil 2*, quem sabe uns dois episódios por semana, o mínimo para me integrar e não ficar socialmente alienada. Liguei no primeiro dia, no segundo, no terceiro. Hoje, enquanto escrevo, é o 58º dia e não perdi um episódio. Pior: boto para gravar quando vou sair. Pior que o pior: quando acaba o programa vou direto para o canal Multishow ver 20 minutos ao vivo do *BBB*.

Explicar o vício de ver *BBB*, não sei. Um amigo me sugeriu ler um artigo sobre a atração do grotesco. Outro me disse que o voyeurismo é assim mesmo. Que voyeurismo? Na acepção dicionarizada, é a excitação sexual ao observar a cópula praticada por outros, ou simplesmente ao ver os órgãos genitais de outrem. Oxente! O pouco que rola acontece debaixo de cobertas. O que vemos mesmo é gente lavando louça, escovando os dentes, limpando o boxe do chuveiro, passando pano na pia. Às vezes, pinta uma festa à fantasia — mas não é grotesco ou erótico, é só uma piada.

Como em piadas tristes se transformaram minhas noites. Constrangida de só assistir ao *Big Brother*, tenho zapeado. Outro dia me peguei vendo *A Natureza Sai do Armário — o Homossexualismo entre Animais*. Isto sim é ser voyeur.

Minhoca no Rio

Cheguei ao almoço na hora marcada, ou seja, uma hora antes da maioria, o que torna imperiosa a socialização.

— Vocês viram o Gerald Thomas?

— A peça ou a "Isolda"?

— É, estava bom, mas saí antes de o Gerald mostrar a bunda.

— Sorte sua. Tenho um conhecido que estava no coro. Viu o Gerald de frente.

— Você foi, Lúcia?

— Não. Mas vou ver *Tristão e Isolda* no Teatro de Manaus, na versão clássica. Em setembro. Vou com minha sobrinha, um fenômeno a menina: tem 13 anos, fala alemão e gosta de ópera.

— E o seu marido, vai?

— Ih, não. Ele vai mergulhar em Belize. Diz que já se encheu de arte e cultura.

Falamos sobre o fim de semana passado.

— Você andou na praia no domingo? Não te vi.

— E você, Ana Cristina, por que não me ligou?

— Fiquei por conta da minha irmã. Ela veio na sexta-feira dos Estados Unidos para ser madrinha de batismo no domingo. Tive de arrumar para ela um curso de batizado em cima da hora.

— Sua irmã Minhoca num curso de batizado? Essa eu queria ver!

— Ora! Ela foi uma lady — defendi.

Por que as mulheres da família têm fama de iconoclastas? Respeitamos as tradições, cultuamos os costumes, reverenciamos os rituais. Somos madrinhas de batizado! Precisa dizer mais?

Pois a Minhoca foi uma lady, sim. Chegou pontualmente à igreja, de saia compridona ("Assim fico com cara de séria", foi o argumento dela) e não tremeu quando soube que a aula ia ser particular. A professora era uma senhora de uns 70 anos, viúva, um doce. Na saída da aula, eu esperando na porta, tentei acenar para a mulher, mas a Minhoca não deixou:

— Não puxa conversa porque ela pode se empolgar e me perguntar outra coisa que eu não sei.

— O que você não sabia?

— Ih, a história toda. Da prima da Maria, acho que se chamava Isabel, do João Batista, do nome do rio onde aconteceu o primeiro batizado e do anjo. Mas com o anjo usei uma estratégia. Disse para ela: "Se a senhora me disser o nome do anjo eu vou me lembrar. Estudei a vida toda em colégio de freiras, é claro que eu sei qual é o nome do anjo. Deve ser o cansaço da viagem." Adivinha qual era o nome do anjo?

— Gabriel?

— Como é que você sabe?!

— Também estudei em colégio de freiras, esqueceu?

— Você é chata, hein? Mas voltando à aula: você tinha que ter visto meu desempenho! Quando ela começou a falar da importância dos laços do matrimônio, contei logo que sou casada há dez anos e que não saberia o que fazer da minha vida se perdesse o meu marido.

— Nossa, você apelou.

— Mas sabe que eu gostei da aula? A vida da Isabel tinha enredo: viagens, desentendimentos, gravidez inesperada, a visita da prima... E a história do João e da Maria foi muito bonita. Gostei mesmo.

— Minhoca, não é João e Maria. É José e Maria.

Beija-flor e Truffaut

Castanheiras, jabuticabeiras e aquela pedra linda, enorme, que emoldurava o campo ao redor da casa. Um mundinho só meu, com casa de boneca e carrinho amarelo da Kibon.

Cashmere Preto

Agora, entendo meus pais. Nos anos 70, refugiados numa fazenda no interior do estado do Rio, cuja cidadezinha mais próxima ficava a 50 quilômetros, o serviço de mesa era à francesa, a governanta era alemã e a biblioteca, repleta. Às refeições, as filhas deviam estar bem-vestidas, calçadas e penteadas. Gripe, correria, dever de casa atrasado, nada era desculpa para o desleixo. E assim, bem alimentada, de banho tomado e feliz, eu era mimada por uma avó que me dava de presente saias escocesas, Barbies americanas e vestidos da Krishna.

Cresci de shorts, virei mocinha de camisa pólo e entrei para a faculdade usando mocassins e camisa masculina. Nas festinhas, um tubinho preto. Não sei a razão, mas os colegas achavam que meu estilo escondia um perfil low profile, de menina rica. A verdade, no entanto, foi um armário de roupas clássicas, em tons nada chocantes: sapatos da Swains, relógio Bulgari e blazers da Cláudia Simões. E fui feliz assim. Eventualmente, a visão de uma mulher de minissaia de couro e salto muito, muito alto, faz-me sentir pena de não ter entrado mais cedo na academia. No mais, fui feliz assim, meio andrógina, meio clássica, meio bem-comportada.

Eu estava para a moda como muitos estão para as normas de civilidade: apática, passiva. Mas tudo mudou num instante. Sabendo que eu precisaria de um vestido de gala, Julietinha Campelo, amiga da família, pediu a um amigo para desenhar um modelo. O amigo de Julietinha é Carlinhos Ferreira, estilista do Oscar de la Renta, e um homem tão bonito quanto generoso. Ele não fez um desenho. Fez quatro diferentes: um longo, um de noite, e dois para jantares menos formais. Carlinhos ajudou a escolher os tecidos, enquanto contava o enredo do livro que acabara de ler, sobre a imperatriz Sissi.

Tem civilidade maior que escolher tecidos para um vestido de gala, ouvindo histórias sobre Sissi? Tem: a delicadeza de Carlinhos, que, além dos croquis, me deu dicas. Uma delas é que preciso com urgência de um cashmere preto, o curinga da mulher. No embarque, calça jeans, camisa branca e cashmere às costas, num gesto displicentemente estudado. No almoço, tubinho vermelho e o cashmere. No jantar, vestido de veludo preto, broche no lado direito e o cashmere.

Tem delicadeza maior do que a dica do cashmere? Tem delicadeza quase igual. Como a da costureira Regina, da Gávea, que, em vez de se assustar com minhas medidas volumosas, pediu-me uma receita de torta de maçã. Confiando na amizade de dona Nair Braga, que faz a melhor torta de maçã da cidade, terei receita e torta para levar no dia da prova dos vestidos. Com a cumplicidade da vovó, haverá ajuda para embrulhar os vestidos em papel de seda antes de botá-los na mala.

Para onde vão os vestidos? Para o Concurso Mundial de Sommeliers, em Viena, em jantar com Pavarotti cantando. E guardanapos de linho.

Queijicismo

Meus pais liam na sala, cada um em sua poltrona de braços de madeira. Eu fazia os exercícios de moral e cívica na mesa de jantar, no tempo em que o nome das disciplinas escolares começava com letra maiúscula. Tudo ia bem até que empaquei em duas perguntas. "Mãe, a gente tem preconceito?" "Sim, mas bota aí que não." "Pai, a gente tem religião?" "Não, mas escreve que sim."

Seguindo essa lógica familiar, é claro que estudei em colégio de freiras. Só que as freiras não usavam hábito e quase não apareciam nos corredores. Elas estavam ocupadas em mestrados e doutorados em teologia, educação e psicologia. Funcionou — éramos felizes e bons alunos.

Um dia, minha mãe decidiu que eu precisava consultar uma psicóloga. Fiz aqueles testes das manchas — nunca soube o resultado —, conversei com uma das freiras-psicólogas e recebi um conselho: queimar todos os papéis que me irritavam. Queimei um: a gravura que ganhara de presente de uma paixonite que tinha viajado para a Europa. Era um superpovoado desenho de Dalí. Consegui identificar um relógio molengo e uma cara de cavalo. Por que o desenho me irritava? Porque foi o único presente que ganhei da paixonite e de nada me valeu — a gravura era horrenda e a paixão continuou platônica.

Saí das consultas simpatizando com freiras-psicólogas. Mas não o suficiente para encarar o catolicismo. Primeiro, porque passo mal em igrejas. Começo a bocejar — não sei se de sono ou se por causa de alguma alergia —, os bocejos provocam lágrimas, as pessoas me olham de esguelha, ajoelho-me para me distrair e a madeira incomoda o joelho. Depois, a recente intimidade entre padres e fiéis me surpreende: onde já se viu botar a hóstia na mão do penitente? Por último, os sermões, que quando não são chatérrimos têm erros de concordância que me enervam. Uma vez ouvi uma missa em latim, como deviam ser todas: não se entende nada e é lindo.

Nunca pensei muito em religião e estava bem. Até que os noticiários começaram a mostrar milhares de reportagens com católicos e muçulmanos. Senti-me na obrigação de me informar. Encontrei em casa *O Livro das Religiões* e me animei. Quem sabe não encontraria uma para mim? Pulei a católica porque essa história de pecado original em bebezinhos é o fim. O budismo também não colou: "Tudo o que existe no mundo é sem autonomia, transitório e, em conseqüência, pleno de sofrimento." Fez lembrar fila de banco.

Islamismo? O fato de a punição para ladrões ser a amputação da mão direita tem o seu apelo. Mas não servir ou beber álcool?

Licença para um parêntese: as leis do islamismo permitem o divórcio, desde que iniciado pelo marido, que é o responsável pelas finanças no casamento. Para Maomé, o divórcio é “a atividade legal menos preferida por Deus”. Apesar desses empecilhos, “o índice de divórcios nos países árabes é o mais alto do mundo”. Interessante.

Por falar em casamento, um antepassado meu, Henrique VIII, inventou uma religião porque o papa se negou a lhe dar o divórcio. Apesar dos laços de sangue, o anglicismo não me cativou. Ela é uma das muitas religiões desenvolvidas a partir da Reforma protestante, o que sempre ajuda a confundir.

Quando todo o esforço de me converter pareceu em vão, descobri o capítulo *Filosofias de Vida não Religiosas* e encontrei o materialismo filosófico, segundo o qual todos os fenômenos do mundo podem ser atribuídos a condições físicas. Vinha a calhar com outro livro que estava lendo, *O Relojoeiro Cego*, de um biólogo que confronta a teoria da evolução com o desígnio divino. Então, tudo me deu uma canseira doida, porque já estou na página 135 e até agora só aprendi sobre morcegos e vaga-lumes. O texto foi escrito para o público americano.

Ia desistindo quando encontrei o materialismo ético, que é “uma atitude perante a vida que dá importância aos benefícios materiais e ao prazer físico”. Adorei: uma crença a favor de dinheiro e sexo, duas coisas de que ouço falar muito bem.

Era materialista ética de carteirinha quando fui jantar na quarta-feira com o queijólogo Gérard Poulard. Depois de meia hora de queijos franceses, minha fé mudou. O messias é Gérard Poulard, minha religião são os munsters au marc, os trôos, os livarots au calvados, os reblochons, os roqueforts. Quanto mais cheiro de podridão, quanto mais cascas amareladas ou interiores esverdeados, melhor. Beber para acompanhar e comer sem culpa são os dois mandamentos.

Sou uma queijicista. Convicta e dez quilos acima do peso.

Beija-flor e Truffaut

Não sei se é melancolia, também chamada *taedium vitae*, que, na infância, os pais da antiga podiam curar com palmadas; adulta, a recém-separada de outrora tentava se consolar se refugiando num cruzeiro para a Europa. Talvez seja susto mesmo — o fim do mundo, como prediz minha amiga Ângela: Bush, Osama e Garotinho. A casa de quatro quartos na Provença, U$1.500 o mês, e eu longe das férias. Só sei que acordei e deitei com uma saudade enorme.

Castanheiras, jabuticabeiras e aquela pedra linda, enorme, que emoldurava o campo ao redor da casa. Um mundinho só meu, com casa de boneca tamanho máster e carrinho amarelo da Kibon. Na varanda, potinho de água com açúcar para o beija-flor. Papai, gigante, mergulhado até o pescoço na represa, charuto na boca (naquele tempo em que, segundo Freud, um charuto às vezes era apenas um charuto). Mamãe, linda, de cacharel cor de cobre, saia de lã verde e botas compridas.

* * *

Passada a fase egocêntrica, chegam as lembranças das irmãs. A exemplo dos desenhos animados, Minhoca faz uma trouxinha com lenço amarrado no cabo da vassoura. Sobe a ladeira, atravessa o mata-burro e desaparece por trás do morro de buganvílias. Uma hora depois volta para casa.

A Fofa, num vestido com desenhos de cerejas gorduchas, tem a cara tão fofa, as bochechas tão vermelhas e o sorriso tão cativante que o primo, em visita de férias, liga correndo para os pais:

— Venham logo. Venham vê-la antes que ela cresça.

É manhã de Natal. Na beira da piscina, testamos a lancha guiada por controle remoto, enquanto Capenga e Pinóia, da raça fila, se enroscam em nossas pernas e mancham os pijamas de flanela com pés de couro (aquele modelito macacão inteiriço). À tarde, a Fofa desaparece. Vamos encontrá-la duas horas mais tarde, adormecida, abraçada ao bezerrinho novo, nos fundos do curral.

Chegam os primos: banhos de cachoeira, banhos de piscina, passeios a cavalo, almoços no caramanchão e o primeiro amor platônico. Um desperdício de energia, como sói acontecer nos encantamentos platônicos.

* * *

No ginásio não dá para ser egocêntrica. São muitos os que têm espinhas, detestam as aulas de handebol, não agüentam as festas juninas e, à noite, ficam em pé em frente a um barzinho conversando com as mesmas pessoas com quem passaram o resto do dia.

Aparecem os vícios. A depender do estilo, o adolescente escolhe Che Guevara, maconha, namorados ou... a gula. Escolhi o leite condensado com chocolate em pó. Um horror.

* * *

Vinho, pipoca e Truffaut com os colegas de faculdade. O fusquinha prateado com bagageiro no teto. Na casa da professora Malu, reuniões com semiótica e Barthes em francês. Na aula de filosofia, o professor conta que levou um ano para fazer a regressão e voltar ao útero da mãe, e cinco anos para se recuperar da aventura.

* * *

Tempo de férias na fazenda. Alberto pergunta qual é a programação para saber que roupa vestir. Alexandre e a namorada monopolizam a rede, no alpendre. Luís agarra a *Time* que encontra na mesa de centro (que é uma roda de carro de bois).

O *Bolero* de Ravel, passeios de barco, histórias em quadrinhos francesas, jazz em Campos de Jordão, champanhe e urso de pelúcia. É o primeiro namorado, também o primeiro amor. Tempo em que se acha natural ter toda a atenção do mundo. E se tem a ilusão de que haverá chance para muitos outros amores.

* * *

O tiro saiu pela culatra. Toda essa nostalgia aumentou a melancolia. "Reminiscências fazem a gente se sentir deliciosamente velho e triste", escreveu o irlandês Bernard Shaw.

O curioso é que as lembranças recentes, ao contrário, dão esperança. Talvez aquela impressão de que foi ontem mesmo carregue a ilusão da reedição. As últimas férias, por exemplo. Luiz Carlos saindo de manhã para procurar o cashmere que eu tanto queria. Silvana comendo cerejas. Bainho comprando copos com a marca da flor-de-lis. Bruna escolhendo tecidos e atraindo os olhares de todos os italianos. As margens do Danúbio, de carro.

* * *

Para reedição das férias, penso na Nova Zelândia. Todas aquelas ovelhas, todas aquelas montanhas, todo aquele verde, todo aquele mar. Dizem que, além de linda, é civilizada. Ninguém é obrigado a andar com carteira de habilitação porque se pressupõe que o motorista sabe dirigir e tem carteira. E já estava toda animada, calculando quantas horas de vôo até lá, quando um amigo me ouve suspirar pela Nova Zelândia e comenta: "Sabia que lá tem seis mulheres para cada homem?"

Na dúvida, mudo o itinerário.

Trufas e um Casal

A intenção era descrever as sensações despertadas pelo menu de trufas que provei no Locanda. Contar que ouvi um homem casado dizer para a mulher que a coisa mais sexy do mundo tinha sido espalhar uma gema de ovo sobre uma trufa branca. Dar uma de sabichona: a melhor bolota de trufa é a roída — porque tudo que o bicho come é melhor, disse o chef Danio.

Em vez disso, vou falar de um casal maravilhoso que conheci recentemente: Mariana e Gustavo.

Antes de chegar a eles, preciso revelar um pouco de mim mesma. Já fui muito distraída. Mamãe, com seu eterno otimismo, floreava essa característica: "Quando a Ana Cristina se concentra em alguma coisa, abstrai-se de tudo em volta." Era o jeito carinhoso de dizer que eu não ouvia o chamado para o almoço quando estava na rede brincando com a Barbie. Para explicar por que certa vez, atravessando o canal da Mancha, não percebi que todo mundo desembarcara e eu tinha ficado sozinha num canto escondido da barca, colada num romance em que o rapaz tinha cabelos negros e a mocinha, pernas longas.

Nas viagens com as irmãs, era a caçulinha — ainda longe dos 10 anos — quem vasculhava gavetas e armários para checar se eu esquecera algo. Deixei muita coisa para trás, entre elas um vestido de camurça salmão ideal para meus comportados 15 anos e um blazer vermelho, alvo de gozação dos primos: "Parece uniforme da TAP."

Era distraída e péssima em esportes. Nas aulas de vôlei na escola, sempre pensava em outra coisa que não a bola. Acabaram me escalando goleira do forte time de handebol. Nunca fiz tão pouco esforço físico.

Nas brincadeiras em cachoeiras e rios, enquanto primos e primas riam e se paqueravam, meus olhos não desgrudavam das pedras cobertas de limo. E se eu cair e quebrar os óculos?, conjeturava. Ou se escorregar e der de cara no barranco com meu aparelho de dentes, esvaindo-me em sangue como nos filmes de caubói?, entrevia.

Louca para ser igual a todos da família, participava de longos passeios a cavalo. Vendo as fotos hoje, eu ficava lindinha vestida de culote, bota de cano alto e quepe de veludo. Mas foi minha irmã do meio a campeã de hipismo.

Por tudo isso meus pais tremeram quando comecei a dirigir. Sofreram quando eu, sem notar, saí da pista asfaltada para o acostamento enlameado. Estava admirando os ipês em flor.

Riram quando atropelei uma palmeirinha, único obstáculo num vastíssimo gramado. O broto de palmeira vergou — o suficiente para amassar a lateral do carro — e, no mesmo instante, levantou-se altivo e ileso. Eu entrei no cheque especial com o estrago. A criatura cresceu e virou um coqueiro.

Hoje sou motorista razoável. Eduquei a distração treinando me concentrar em mais de uma coisa ao mesmo tempo. Só não posso dirigir cansada. Estava exausta numa terça-feira do mês passado, quando saí da análise. Senti saudades e liguei para a irmã concentrada, a das gavetas e armários. Segurando o celular, com a minha bolsa cruzada no peito, apoiei a pasta de trabalho e um livro em cima do carro para abrir a porta. Entrei e dei a partida. Estava escuro e a rua parecia deserta. Então comecei a ouvir gritos e assobios. "Vou desligar porque deve ter um guarda logo em frente", disse para a irmã.

Fiz a curva na altura do Jardim de Alah e outra adiante, para pegar a Lagoa. Já ia passar a Maria Quitéria quando olhei para o banco do carona. Céus! Cadê a pasta e o livro?

Alguém disse que o orgasmo é uma pequena morte. Bobagem. Uma pequena morte é o instante em que você percebe que perdeu a agenda de telefones, os documentos do carro e um livro, importado e raro, que seria capa do caderno que edito.

Depois da pequena morte, veio a realidade: que diria no trabalho e em casa? Que tinha me distraído? Que estava cansada? Neverzinho. Diria de pés juntos que tinha sido abduzida por alienígenas.

Estava na terceira volta no quarteirão quando tocou meu celular. "Alô? Você perdeu uma bolsa e um livro? Estão comigo."

Era Mariana, mulher de Gustavo. Ela ia de carro com o marido para a casa dos sogros quando minha pasta e o livro caíram. Gustavo parou na hora e pediu a Mariana pra pegar as coisas enquanto ele ia procurar um lugar para estacionar. Quando Gustavo voltou, encontrou Mariana negociando com um garoto: "Eu te dou cinco reais pela pasta e o livro."

Ao chegar à casa dos sogros, Mariana procurou alguma identificação na agenda, viu um nome com telefone na capa, ligou para a minha casa e conseguiu meu celular.

Cheguei em dois minutos ao apartamento dos sogros. Mariana abriu a porta de mãos dadas com um pequerrucho lindo e jogou os louros para o marido: "Foi ele quem viu e parou o carro." Chamou-me para conhecer Gustavo e os sogros, três figuras sorridentes. E inteligentes. Quando disse que fazia questão de convidá-los para jantar em minha casa, o sogro brincou: "Sei não. Esse seu livro *Strange Foods* é assustador."

Ainda estou devendo o jantar. Não vou poder oferecer trufas, mas garanto a massa do Quadrifoglio.

Vinte Anos Depois

Chuva com braço quebrado faz mal ao coração. Se o dia está esplendoroso, fico trancada em casa feliz da vida e em harmonia com o cosmo: milhares se divertem na praia, nos parques, na ciclovia — não vou fazer falta, posso ficar sossegada com meus livros e filmes. Ah, mas se o dia é de chuva, viro fera da arrumação, deusa da inventividade, mestra da labuta.

Em condições normais, arrumaria pela enésima vez o alto das estantes, trocaria os móveis de lugar, faria almoço e depois jantar, sem prejuízo para um intervalo de experimentações que não confesso para ninguém: não fui eu que espalhei spray oleoso importado na bancada da sala e quase arruinei o mármore.

Limitada pelo braço esquerdo ex-fraturado e agora convalescente, confinada ao rés-do-chão porque sentada não posso cair (em tese) novamente, restou-me a caixa com pastas antigas.

Antigo para mim tem vinte anos e, creia-me, é muuuuuito tempo. Cresci em espírito e manias, certo? Nem tanto, a valer pela redação dos tempos do ginásio que encontrei entre os guardados. Para começar, já era auto-referencial, intitulada "Retrato".

O que mudou? O que não mudou? Transcrevo o texto agora e depois comento:

"Amo paz, cheiro de mato, meus pais, dança, criança, livros, azul, amizade, asa-delta, música, boneca, história, selos, abacaxi, photos, silêncio, cinema, viagens.

"Amo dia claro, chocolate, homem com H. Quero mil amigos e mais um, não consigo nenhum. Tenho vergonha dos óculos e não me adapto às lentes. Com mania de aprender línguas, acabo sempre enrolando a língua. Repugnam-me a maldade, a solidão, a falsidade. Descubro meus instintos, meu corpo, minhas tristezas. Terrorismo? Miséria? Bomba atômica? Mil reformas em mente para o mundo. Inconstante sou, nasço um pouco a cada aurora. Sou o que amo, o que sonho, o que quero, o que espero.

"Triste. Sou também o que não quero."

Esse "inconstante sou, nasço um pouco a cada aurora" é de lascar, ou não? Fazer poesia não era a minha praia. Continua não sendo.

No quesito amores, algumas ressalvas: perdi o interesse por selos, os abacaxis não têm mais gosto, os homens podem vir com H ou sem H, e a estima pelas bonecas persiste.

Pronto, contei: num dos armários, que ainda não alcanço, estão 12 Barbies e dois Kens. Se fosse apenas lembrança, brinquedo para impressionar futuras sobrinhas ou peças de coleção, ainda vai. Mas a crua realidade — além da proporção de seis mulheres para cada homem — é que esse vício me persegue. A décima segunda foi comprada há um ano: a Barbie Daphne, do Scooby-Doo, tudo que eu queria ser — alta, magra, ruiva, de minissaia pink, celular na mão esquerda, laptop na direita.

Que mudou nesses vinte anos? Hoje, não me vejo sem vinho, foie gras, salaminho, risoto, queijos, tutano e cogumelos. Mato por uma receita de patê, vendo a alma por uma costela com canjiquinha, fico uma noite ouvindo música techno se houver a promessa de um vinho do Porto no final, rodo bolsinha pelo purê de batata-baroa do Laurent.

O amor por cheiro de mato, dias claros e silêncio persiste, mas é preciso sair do Rio, e mesmo assim não é garantia.

O estágio "quero mil amigos e mais um, não consigo nenhum" passou, ufa!, mas ainda não me sinto parte da turma: não sou PT, não ouvi o CD da Maria Rita, não fiz lipo.

"Com mania de aprender línguas, acabo sempre enrolando a língua" é vero. Desisti da prática e me concentrei na teoria, o que não é pouco: neste momento, pelo menos 2.796 línguas distintas estão sendo faladas em nosso planeta, segundo cálculos da Academia Francesa, autoridade máxima nesses estudos. Ah, tem os dialetos: entre sete e oito mil. E o português dos nossos políticos.

"Descubro meus instintos, meu corpo, minhas tristezas"? Bota aí mais uns vinte anos de análise — para as tristezas. Porque o corpo a gente satisfaz na cozinha e os instintos a gente sufoca, claro.

Reformas para o mundo? Reciclo o meu lixo.

Meu Enterro

Tinha ido com meu pai comprar cachaça em Descoberto, uma cidadezinha em Minas tão calma que até o cão da raça galgo, geneticamente louco por corridas, lá não tem pressa para sair do meio da rua. Voltávamos sem a cachaça — o dono da venda fora para casa almoçar —, quando minha irmã deu a notícia: "Tia Lurdes morreu. O enterro vai ser amanhã no Rio."

Não adianta saber que 91 anos é muita idade. Nada prepara você para ver alguém que te recebia com sorvetes e biscoitos, num apartamento da Rui Barbosa, coberta por cravos brancos e moscas pretas dentro de um caixão.

Não consola saber que o tempo hoje só faz correr, como um verdadeiro cão galgo, e que cada vez mais a gente está menos com quem deseja. Por que não aproveitei melhor minha tia que amava o Flamengo, Balzac e Beethoven? E não me venham com baboseiras do tipo "Você faz o seu tempo" ou "Se quer mais tempo, terá que criá-lo". São conceitos ingênuos de auto-ajuda. Se você fizer tudo que deseja, vai fazer tudo mal. Não existe isso de criar tempo. Para ganhar de um lado, você tem que perder de outro. No meu caso, perdi não tendo convivido com ela. "Ah, mas você vai ter sempre as lembranças", pode alegar o otimista. Perdão, mas isso de lembranças é balela. Ou, como disse Flaubert, outro autor que minha tia prezava, "As recordações não povoam nossa solidão como se diz; ao contrário, fazem-na mais profunda".

Mas o que mais calou foi a idéia de vir a ser a tia Lurdes amanhã: morrer muito velha e muito sozinha. Nessas horas, entendo quem tem filhos: é para ter netos em volta na hora da morte, amém. Por isso, faço aqui um apelo antecipado a meus sobrinhos: espero vocês e seus filhos no meu enterro.

Quero ser cremada, mas ainda não me enfronhei no assunto. As cinzas são enterradas no jazigo da família? Se forem, não vou poder poupá-los das caixas de ossos dos meus e seus antepassados — sim, os ossos são transferidos do caixão para caixas de cimento, se você tiver sorte, ou de plástico vagabundo, se não tiver sorte. Mas minhas cinzas vão para debaixo da terra, sim. Sempre me deu nervoso ver nos filmes as cinzas serem jogadas no mar ou no campo: na teoria é lindo; na prática, é só bater um ventinho e você fica coberto de pó do falecido.

Se precisarem citar algo durante o enterro, escolham a frase de um antepassado, tio Abgar Renault: "A vida é um obscuro advérbio de tempo." Com sorte, vai ter gente no cortejo que saberá o significado de obscuro e de advérbio. Sem sorte, vai servir para encher o tempo enquanto os coveiros fecham o jazigo.

Tango Therapy

Por falta de tempo, não fui procurar um nebulizador, objeto que não vai curar minha alergia porque alergias não se assustam com vaporzinho. Por falta de tempo, ainda não comprei um computador, prioridade que não existia até que eu chamasse, para dar uma olhada na impressora, um técnico que fulminou o aparelho antigo.

Torturada com a falta de tempo, pensei em praticar a terapia do grito. Noite dessas, indo pegar o carro num estacionamento, ensejei uns gritinhos, mas tudo que consegui foi o solfejo desafinado de uma ária de *Carmen*. Com certeza, o efeito retardado das aulas de canto lírico que experimentei na adolescência. Entusiasta, era também sensata, e logo notei que minha aptidão para ler a escala musical se igualava à habilidade em matemática. Foram curtos meses na salinha empoeirada, de pé-direito alto e piso de tábua corrida, com o professor mirrado e pálido.

Desses tempos, guardo duas lembranças. Da vez em que choveu grosso, cheguei pingando em frente ao portão do prédio e estava sem as chaves de casa. Salvou-me o vizinho lindo, selvagem e proibitivo que tinha cabelos compridos e amava rock pauleira. Acho que ele disse alguma coisa na hora, mas não ouvi. Insegura e tímida com a fininha bata vermelha que ficara transparente, não levantei os olhos — só enxergava um colar de madeira enroscado em pêlos castanhos.

Uma trovoada me distraiu. Levantei a cabeça. Ele sorria.

Dois segundos depois (ou foram dois minutos), coração aos pulos, eu já estava sozinha na segurança da sala de estar do apartamento dos meus pais.

Guardei a bata vermelha por uns dez anos.

Outro momento da temporada de aspirante a soprano aconteceu num fim de tarde, com o céu embaçado de furiosos tons de rosa. O sol ainda estava morninho, o muro a ladear o pátio do colégio Granbery continuava a toldar a paisagem, os buracos na calçada eram os mesmos da semana passada, mas nunca, em toda a minha fremente adolescência sem riscos e sem protestos, nunquinha me senti tão feliz quanto naquele instante. Yes, peguei o ritmo! Sim, afinei, melodiei, acertei. Enfim!

Quem sabe se tentasse de novo o solfejo no estacionamento? Tentei, desafinei, brochei.

Recordei o que um colega comentava na hora do cafezinho. Para relaxar, ele dá gritos agudos de uma ponta a outra do túnel Rebouças. Não custava experimentar. Mas confesso que me senti meio ridícula. Se fechasse as janelas do carro, os vidros embaçariam. Se as deixasse abertas, assustaria um pobre motorista do bem. Ou atrairia outro louco feito eu.

Todo esse raciocínio parece coisa de fração de segundo, mas a empreitada me angustiou por uns bons quilômetros até a entrada do túnel. O pior é que não havia a quem culpar. O colega tinha dito que acrescenta um palavrão ao grito quando pensa num inimigo. Não tenho desafeto que me faça gastar energia. Não gasto energia nem para ficar em forma. Se fosse acusar alguém, eu seria o alvo. Quem me mandou nascer? Quem me mandou não ser competente para administrar a vida e o tempo?

Já tinha entrado no túnel, continuava estressada e agora também estava indignada. Vida e tempo são conceitos relativos, mas um exercício de relaxamento é um fato prático. Será que nada me ocorre? Incompetente.

* * *

Interrompi a sessão de autoflagelação para trocar a música do carro. Escolhi "Nuevo quinteto real" por motivo prosaico: ainda não tinha ouvido nenhum dos CDs que comprara em Buenos Aires. Terminei de ouvir em casa, feliz, maxilares afrouxando, ombros desinchando.

No dia seguinte, abasteci o porta-CDs com "Tangos for exports", "Nestor Marconi trio", "Mi Buenos Aires querido" e "Mis 30 mejores tangos".

Descobri a tango therapy. Não tem erro: é relaxar ou enlouquecer. O bandoneón, versão argentina do acordeão, pode ser muito simpático. Ou irritante. Recomendo doses pequenas, o suficiente para provocar adrenalina. Não imponho restrição aos pianos de Horacio Salgan e Daniel Baremboin. Astor Piazzolla é gênio, não há como negá-lo; mesmo quando enjoa, causa grande efeito na platéia.

As letras são capítulos à parte na terapia: "Fumando espero", "La puñalada", "Divagación", "La cumparsita", "Lo que vendrá", "Todo fué", "Sin retorno". E a diferença na fisionomia do seguidor da tango therapy? É rapidamente notada e facilmente confundida com o look blasé dos portenhos.

Quando a tango therapy torrar minha paciência e afugentar os amigos, mudo de tática: viro gamer. Volto ao GameWorks. Vou descer corredeiras, bater com a cara em rochedos, dirigir carros de corrida, trombar em guard-rail, lutar caratê, levar soco no estômago, pilotar motos envenenadas, saltar de asa-delta e, supra-sumo do supra-sumo, entrar na máquina que simula montanha-russa espacial.

Ser gamer é melhor do que gritar e quase tão bom quanto sexo.

Homem Nu

O *Diário de Bridget Jones* é um retrato-clichê da vida de uma balzaquiana solteira. Seu amigo é gay. Suas amigas são uma jornalista desbocada e uma figura mignon que nunca tem sorte no amor. A protagonista quer encontrar o homem ideal. E o homem ideal usa camisa social. Ou seja, a prova de que o lugar-comum é sapientíssimo.

Tenho para mim que Bridget se apaixona por Mark no instante em que ele tira o paletó e fica de camisa social para ajudá-la na cozinha. Ele faz uma omelete. Mas isso é um detalhe. (Detalhe irritante: Mark é atencioso, usa roupa bem lavada e bem passada e sabe fazer omelete. Bom demais para ser verdade. Qual será o seu defeito?) O fato é que Bridget deve ter se derretido quando o viu de camisa social. Para fundamentar esta tese, volto no tempo.

Meninota, eu era a segunda pessoa da família a folhear a *Playboy*. Vez por outra encontrava um artigo instigante, como o de Cora Rónai defendendo o amor por um homem bem mais velho. Mas o que eu queria mesmo era ver as mulheres nuas. Gostava principalmente daquelas páginas centrais que exibiam o álbum particular de fotos da coelhinha. Ela de aparelho nos dentes. Na sala de aula. Como cheer leader no ginásio. E, claro, era fissurada nas medidas: busto 88, cintura 71, altura 1,74. Tudo que eu queria ser quando crescesse.

Então, numas férias, saí a cavalo com as irmãs, as primas e o primo Abgar. Quilômetros depois, quando a encosta se abria num vale com riacho e lírios brancos nas margens, o sol apareceu. E como na minha adolescência não se cogitava fazer chá alucinógeno de lírios brancos, fizemos outra coisa: tiramos as blusas ficando de sutiã para pegar uma corzinha. Ato contínuo, o primo Abgar sacou do alforje uma fita métrica. (Não me pergunte o que ele fazia com uma fita métrica num passeio a cavalo.) Abgar mediu nossos seios e deu o veredicto: as primas estavam prontas para a *Playboy*. Nunca mais folheei a revista.

Então minha irmã do meio voltou do intercâmbio na Alemanha trazendo revistas de homens nus. O prédio, a rua, a vizinhança, todas as meninas montaram acampamento lá em casa. A avó comentou:

— Deixa a revista aqui. Quero ver a reação da Yolanda. Se ela não disser nada é porque já viu igual.

Deixei a revista para a Yolanda, preparei limonada suíça com pipoca para a garotada e refugiei-me na varanda com *Tintim* e *Asterix & Obelix*. Conclusão: não dei a mínima para os peladões. Encuquei. Será que não gostava de homem?

Momento auto-análise. Eu queria beijar os primos, não as primas. Sonhava com o Harrison Ford de *Blade runner* e não com a mocinha andróide. Eu me amarrava em pés grandes com veias salientes, em cabelo cortado rente na nuca, em axilas de abundantes pêlos castanhos. À exceção de vir a conhecer uma lançadora olímpica de dardos, pela auto-enquete o meu negócio não era mesmo mulher. Então por que não queria e continuo não querendo ver foto de homem nu?

Porque, acreditem, nós mulheres não pensamos só "naquilo". Outros detalhes também balançam nossas estruturas. A barba por fazer, a barba feita. O relógio cromado de fundo branco, a ausência de relógio. A mão dele amparando nossas costas ao entrar num restaurante. E ele de camisa social.

À Moda Inglesa

Descendo de Henrique VIII, mas o parente mais falado da família é Edward, *The Wild*, nobre que foi processado e preso em seu castelo quando torrou o filho bastardo na lareira da sala. Donde se conclui que: a) posso vir a me casar com o príncipe Charles; b) posso vir a ter índole violenta; e c) posso falar o que acho dos ingleses — eles nasceram para o pólo, o hipismo e o turfe. Futebol moderno? Eles só o inventaram.

Campeões, mesmo, são na disciplina e na tradição do chá. Foi o que aprendi na pele, meninota, durante as férias com minhas irmãs na fazenda de tios-avôs, no Pantanal. No café-da-manhã, às 7h15, porcelana fina para beber leite e comer farinha com pedacinhos de carne-de-sol, desjejum em princípio esdrúxulo, mas totalmente sensato: a mistura de leite e farinha se expandia no estômago e a gente agüentava quatro horas de cavalgada sem sentir fome. Ao meio-dia, almoço com copeiro de luvas, serviço à francesa e minha tia equilibrando a comida à inglesa, com o garfo emborcado. Você pode dizer que os ingleses também sabem complicar a vida, mas essa é outra história.

Às 14 horas, tempo livre para brincadeiras, o que significava cavar a terra atrás de minhocas para a pescaria. Era tudo muito lúdico, tudo muito "infância saudável", não fosse ter que interromper de repente a brincadeira e correr a esfregar as unhas para nos apresentarmos decentemente no chá das quatro da tarde.

A atividade seguinte compensava o chá: caçada de jacarés. Consistia em nos aboletarmos na carroceria do jipe até as margens do rio, onde nos aquartelamos num barco envolto por mosquitos para esperar escurecer, acender lanternas, mirar entre os olhinhos de um jacaré distraído e atirar.

O bicho era incinerado no galinheiro. Manhã seguinte, corríamos as três para espiar dezenas de galinhas ciscando o jacaré defunto, gulosas do... *cálcio*.

Minha irmã caçula tinha uma tartaruga, chamada Amélia, que vivia fugindo. Sempre que ela escapava, a tia inglesa tentava nos distrair. E como fazia isso? Misturando semântica e zoologia.

— Queridas, na acepção correta Amélia não é uma tartaruga, é um cágado. A denominação tartaruga cabe somente aos quelônios marinhos. As espécies de água doce, ou terrestres, são cágados.

— Então, o que é o jabuti?

— É um cágado.

Dá para imaginar a confusão na cabeça de três meninas em férias? Pois a coisa piorava à noite. Sem TV — o sinal do satélite não alcançava a fazenda — o programa era fazer uma roda de leitura. A tia nos deixava à vontade com a história de Frankenstein, nossos gibis de detetive e nossas viagens pelo Mississipi com

Mark Twain. Mas logo sua consciência falava mais alto, era imperioso "educar essas meninas". Ela começava pelas aulas de francês:

— Prestem atenção na entonação, nem muito fechada, nem muito aberta. Na dúvida, lembrem-se: em vez de bidê, "bidé"; em vez de buquê, "buqué".

Você pode dizer que os ingleses no fundo gostariam de ser franceses, mas essa é outra história.

Almoço de Domingo

Quando garota, tinha ojeriza. Hoje, é atração, uma curiosidade sociológica. A verdade é que nunca fui indiferente a almoços de domingo em família.

Os franceses, que têm tese para tudo, devem ter livros sobre o assunto. Um para mostrar que almoço em família atesta que a humanidade é inviável; outro provando que almoço de domingo é um exemplo de que a humanidade é viável.

A gente escolhe. Enquanto isso, conto como foi domingo passado na casa da tia Clara.

Tudo começou com a pergunta de outra tia:

— Você conhece o Renato Machado?

— Claro, somos colegas.

— Por que você não namora com ele?

Levei anos para aprender que as respostas são sempre mais perigosas que as perguntas. Felizmente, aproveitando que Nei, o copeiro da anfitriã, passava com uma bandeja, agarrei uma taça de champanhe e desviei a conversa.

— Tia, esse champanhe Bruno Paillard é ótimo.

— Querida, você não viu nada. Conheci o Bruno Paillard em pessoa. Um Alain Delon. Não, não: um Gregory Peck falando francês.

Nei ofereceu uns canapês temáticos (*temático* serve para tudo hoje em dia, né? Parques, restaurantes, lojas, livrarias, homens...). Eram umas barquetas de biju com carne de siri.

— Estão divinos, Nei.

Um tio juntou-se ao grupo.

— As pessoas estão alvoroçadas, acham que o futuro do dinheiro ou o dinheiro do futuro, como vocês quiserem, está na internet. Bobagem. O futuro está na criação de minhocas. Já viram quanto dinheiro essas ONGs ambientalistas têm? Daqui a pouco, elas vão estar atrás de adubo orgânico para as terras que estão comprando. A minhoca é o futuro.

Chegou à sala uma prima. A avó perguntou como ela estava levando a vida.

— Ih, vó, tô que nem aquelas mulheres de quem a Narcisa tem pena: sem dólar, sem homem e sem viagem.

O Nei passou outras barquetas, desta vez de aipo com gorgonzola. Um tio se virou para mim:

— Seu pai vai bem? Diz a ele que estou me deliciando relendo *Burrice Emocional*. É incrível como ele consegue tanta informação. E a notícia de que a Comunidade Européia resolveu unificar o pinto europeu?

— Sério? — quis saber a prima.

— É. Foi para a Europa poder padronizar a fabricação de camisinha. Estipulou-se que o pinto europeu tem 17 centímetros de comprimento por 5 centímetros de diâmetro.

— E tem alguma coisa sobre o tamanho do brasileiro? — perguntou a prima.

Providencialmente, uma das tias interveio:

— Querida, sua casa também está sendo infestada por formigas *mignonnes*? Ah, é uma praga. Deve ser a mudança de tempo. Já tentou a receitinha que mistura cerveja, cebola e ácido bórico?

— Tia, isso é para matar barata.

Um primo fez um aparte:

— Sabiam que as formigas são das criaturas mais nobres, sentimentais e altruístas que há?

— O que tem de nobre em invadir minha cozinha?

— Elas são insetos sociáveis. É só comparar com as abelhas. Das dez mil espécies de abelhas catalogadas, somente quinhentas vivem em sociedade, ao passo que não existe uma formiga solitária.

— Diz isso para a minha cozinheira...

Sedento depois de tanta erudição formicida, o primo foi atrás do champanhe, deixando tias e outros primos na varanda.

Uma tia perguntou para outra:

— Você está linda, querida. Cortou o cabelo?

— Não, botei Botox na testa.

— Ficou ótimo!

— Está lindo o seu jardim, hein?

— É, mas os meninos andam implicando com o meu sapo de bronze. Dizem que parece anão de jardim.

— Bobagem.

— É o que digo a eles. Além do mais, sapo no Extremo Oriente é um deus da chuva.

— Mãe, parece que existe um sapo que solta uma gosma que é afrodisíaca. Tenta com o papai.

— Ué? Num era uma perereca?

— Please, meninos, poupem-me.

Nei avisou que o almoço estava servido. Tia Clara excedeu, como de hábito. Bacalhau com azeitonas pretas, rondelle aos quatro queijos (nada de encomenda, a receita é dela), perdiz com cogumelos. E o que dizer da entrada? Fui interrompida pelos tios antes que pudesse elogiá-la.

— Você me passa depois a receita do bacalhau?

— Já dizia Horácio: "*Cenabat tribus ursis quod satis esset.*"

— Traduz, traduz!

— Ceava aquilo que teria sido suficiente para três ursos...

— Então, aproveita e me passa mais um rondelle.

Exceção

Sempre desconfiei de gente que faz o caminho de Santiago de Compostela; que vai à Índia e diz que isso mudou sua vida — para melhor; que não vive sem os programas do Discovery Channel; que usa camiseta com estampa de Che Guevara depois dos 15 anos; que tem aperto de mão mole. Por isso, quando a prima que mora em Mônaco veio ao Rio, ano passado, e me contou que queria comprar uma camiseta com estampa do Che Guevara, gelei.

Ela tem 30 anos, é inteligente, tem senso de humor, fala bem quatro idiomas e é minha prima, pô. Já estava amaldiçoando a terra dos Grimaldi, quando arrisquei perguntar:

— Tem que ser ele? Não serve com o Chaplin?

— Ah, não é para mim, é para um amigo. Bem, ele é mais que isso, acho que estamos namorando.

Então ela me contou que eles se conheceram num café e ela tomou a iniciativa de deixar o número do celular.

— Nunca tinha feito isso, acredita?

No dia seguinte, ele a levou para ver um documentário de quatro horas sobre uma guerra civil num desses países da Europa.

— O cinema era num galpão adaptado, mas não muito bem adaptado, me entende? Tijolinhos aparentes, pé-direito alto, tudo um charme, mas as cadeiras... Eram de armar e duras! Antes de começar o filme eu já estava arrependida de ter ido, mas não quis dar o braço a torcer.

Ela não deu o braço a torcer, eles voltaram a se ver mais umas três vezes e então ela veio de férias para o Rio com uma missão.

— No dia do cinema ele estava com uma camiseta do Che Guevara já velhinha. Quero comprar uma nova. Você vai comigo naqueles camelôs da Avenida Atlântica?

Era noite de lua, sem calor indecente, e a prima é queridíssima, por isso não foi sacrifício circular entre as tendas de plástico azul vendendo berimbaus, bijuterias à indiana e quadrinhos com temas folclóricos.

Os meses passaram voando e não recebi notícias da prima até ontem, quando chegou este e-mail:

"A novidade é que este ano eu e o rapaz da camisa do Che Guevara (lembra?) vamos morar juntos. Não temos data, vai ser quando der porque vou ter que me mudar para Turim, na Itália... Enfim, penso que no mínimo só daqui a uns seis meses. Minha mãe está empolgada, anda falando em casamento, mas não sou o tipo 'vestido de noiva', talvez um dia quem sabe, se não der muito trabalho e muita despesa. Estamos começando a vida meio duros, vamos morar tipo em Laranjeiras/Catete de Turim, quarto-e-sala para começar. Claro que sempre terá um sofá-cama para os amigos dispostos a gastar dinheiro para ir a Turim (!?!), que é uma cida-

de industrial, não tem praia, mas por outro lado tem bastante cultura e se come/bebe muito bem. De qualquer maneira nos veremos ainda este ano no Brasil, não sei a data. A mamãe quer fazer uma festinha para que todos conheçam o pobre rapaz! Vamos ver se depois disso ele ainda vai querer ir morar junto."

Ele vai querer, prima, você é incrível. E acaba de abrir uma exceção na minha teoria sobre Che Guevara.

Vegetariana

Paula virou vegetariana. Em dezembro, quando veio apresentar à família o noivo Sandro, ela ainda ia ao Porcão. Agora, Paula volta de férias ao Rio, casada e vegetariana. Não fosse ela integrante de uma estirpe que se derrete por um torresminho, não causaria espanto.

Só pode ser coisa desse marido italiano, pensei. E errei. Ou melhor, quase errei. O que inspirou a nova dieta da prima foi um livro comprado pelo marido. Mas Sandro nunca chegou a folhear as páginas que advogam os sofrimentos por que passam os animais que servem de alimento — e continua a comer carne.

— Li o livro antes dele e agora quero convencê-lo a parar de comer qualquer tipo de animal. Por enquanto, só abro exceção, e mesmo assim muito raramente, para peixes e frutos do mar — diz Paula.

O problema de pertencer a uma família sem preconceito alimentar — formiga, gafanhoto, avestruz, caracol, cobra, o que pintar no pedaço a gente experimenta — é não escapar das argumentações em favor dos prazeres das carnes. Aos nossos olhos, meus e de minhas irmãs, argumentações pertinentes.

— Paula, você não sente pena da cenoura? Não tem dor na consciência de comer beterraba? Não se compadece com o destino da alface?

— Paula, já parou para pensar que a vaquinha nasceu para ser comida?

A este comentário, uma amiga que ouvia a conversa sobrepôs outro:

— A vaquinha e nós todas.

Não preciso dizer que a discussão parou aí. Não há controvérsia que resista ao bom humor. E Paula não merece três primas implicantemente carnívoras. Se existe alguém que é um encanto, é ela.

Solteira, era a companhia certa para filmes, shows e bares. Casada, virou prendada.

— Aprendi a cozinhar com minha sogra.

Paula vai amanhã lá em casa fazer raviólis recheados de gorgonzola e nozes. E quando digo fazer, é fazer mesmo. Amassar, sovar a massa. Sandro, o marido italiano, não come enlatados, comida semipronta ou pré-cozida.

De segunda a sexta-feira, minha prima prepara o café-da-manhã e o jantar à moda antiga. Faz o pão, a manteiga e a geléia. Colhe alcaparras do muro de pedra do vizinho e as transforma em conservas. Vai ao açougue — "de origem controlada", salienta Paula — e escolhe os melhores pedaços de carne. Ah, o amor. Paula não come, mas cozinha carne para o marido.

Ela faz a massa. Planta manjericão e tomate no quintal. E está de olho num curso de vinho orgânico.

— Vinho não fermenta e faz bem ao coração.

Sim, Paula ainda bebe. Quando vem ao Brasil, não dispensa uma caipirinha. Cana-de-açúcar, inegavelmente, é um vegetal.

Além de prendada, Paula é muito, muito inteligente. O que os homens italianos mais prezam na vida? A mãe. Paula sabe disso.

Toca o celular. É a sogra, perguntando se pode dar um jeitinho no armário da cozinha.

— Claro! Pode arrumar os copos e as xícaras do modo que quiser.

Toca o celular de novo.

— Claro! Que ótimo!... Como você achar melhor... Sim... Do tamanho e da cor que você quiser.

Era a sogra, querendo saber se podia mandar o marido fazer um armário para o quarto do casal. Sim, o sogro da Paula é marceneiro nas horas vagas. Parece que ser prendado é um requisito para ingressar nessa família.

Certa vez, Sandro e a mãe se desentenderam. Discussão feia. Sandro anunciou que não pisaria mais na casa da mãe. Paula foi rápida no gatilho: disse-lhe que deixasse de bobagem. Onde já se viu brigar com uma senhora tão incrível, que todo domingo os convidava para almoçar não um ou dois pratos, mas pelo menos sete.

— Sua mãe cozinha tão bem! — argumentou Paula.

Cozinha. Comida.

Mesmo vegetariana, vê-se que Paula não difere das primas: só pensa naquilo.

Ah, antes que eu me esqueça: levei Paula ao Porcão. Ela abriu uma exceção. Comeu salmão.

Minhoca

O apelido foi obra minha. Quando começou a falar, Ana Maria não dizia "eu quero", mas "a mim quer". Daí a idéia de chamá-la Minhoca, iniciativa que brotou espontânea, como espontânea foi sua indignação quando ficou crescidinha o bastante para descobrir o que significava a palavra minhoca. "Por que esse apelido horroroso? Você chama a Ana Luísa de Fofa!"

Ana Luísa é a irmã caçula que até hoje chamo de Fofa, apesar de ser 12 centímetros mais alta e ter dois filhos. E antes que você solte um veneninho do tipo "Todas as irmãs são Ana? Que breguice!", esclareço: meus pais escolheram os nomes das filhas por sorteio. Na primeira vez — euzinha — havia as opções de Maria Eduarda (por causa da paixão paternal pelo Eça), Luísa, Ana Cristina e Carolina. Na segunda vez, o nome sorteado foi Ana Maria, a Minhoca. Na terceira, nada de sorteio. Com medo de que a caçula ficasse com ciúme de não ter Ana no nome, a Fofa foi batizada Ana Luísa. Ciúme, como pode ver, é manifestação antiga na família. Pensando nisso, minha mãe ligou depois que leu o que escrevi sobre a prima Paula:

— Prepare-se! Sua irmã vai ficar uma fera.

Ficou. E mandou e-mail, intitulado "*Relações cortadas*":

"*Lamento informar que serei obrigada a cortar relações com você. Duas crônicas sobre a prima em menos de três meses é demais para o meu coração. O que você quer que eu faça para você parar de escrever sobre ela? FAÇO QUALQUER COISA.*

Você deveria ter mais consideração pela irmã do meio. Ela está ficando velha, 33 anos, coração fraco, sofrendo de irritabilidade, solidão e ciúme crônico. Você tinha que ter mais respeito pelos sintomas que venho apresentando nos últimos tempos. Não tenho mais saúde nem idade para mais uma crônica sobre a prima.

Fale sobre os ursos do Alasca, sobre as pirâmides do Egito, sobre o mau cheiro dos franceses, mas pelo amor de todos os deuses, não fale mais sobre ela.

Beijos de quem já te amou muito,

Minhoca."

Minhoca é dramática. Fugiu de casa aos 5 anos, quando morávamos em uma fazenda na serra fluminense. Fez uma trouxa, prendeu-a num cabo de vassoura, amarrou a cara e pegou a estrada. Meus pais mandaram um empregado atrás dela, com a recomendação: "Não deixa ela te ver. Só acode se achar que ela vai se machucar. Não podemos dar corda para essa menina. Se ela já tem um gênio desses com essa idade..."

Pré-adolescente, Minhoca cortou o cabelo no estilo punk, devorou os romances de terror de Stephen King, sabia de cor o *Frankenstein* de Mary Shelley, leu tudo sobre a Segunda Guerra Mundial. Aos 15 anos, apaixonou-se por um alemão que estava na cidade em intercâmbio. Então...? Minhoca estudou alemão, passou na prova e foi estudar na Alemanha, voltou sem namorado mas esquiando divinamente.

Aliás, toda a energia esportiva da família se concentrou nela. Minhoca foi campeã de hipismo. Hoje desce corredeiras de caiaque, pula de bung jump — aqueles saltos de elástico —, faz trilha (da última vez que veio ao Rio foi do Parque Lage ao Corcovado pela mata. Detalhe: usando o meu único e novo par de tênis. Danada!), anda de moto, patina no gelo e já foi parar num hospital por causa desses patins de asfalto de uma lâmina só.

Minhoca é ousada. O marido viajou uma semana e ela aproveitou o ócio para montar em casa, com câmara digital, um site na internet com seu perfil e fotos (de roupa, mas sexy). E mais não conto, porque ainda estou digerindo as fotos.

Minhoca é prendada: faz as melhores empadinhas de queijo do mundo. E esperta. Depois de um curso de culinária francesa, avisou: "Não foi para cozinhar para vocês, não. Foi para melhor apreciar os bons restaurantes."

Minhoca faz o tipo vaidosa-generosa. Sabe e te conta das liquidações mais fantásticas. Tem todos os pincéis de maquiagem do universo, faz compras mirabolantes para ganhar de brinde uma nécessaire, guarda o conteúdo mas te dá a bolsa de presente.

Minhoca é corajosa. Adivinha qual foi a tese que ela defendeu na conclusão do curso de economia nos Estados Unidos? Provou por a+b que os Estados Unidos não deviam mais deixar entrar estrangeiro para morar. Pergunta se ela já tinha o green card quando lançou essa tese?

Conhecendo a fera, só declaração de amor não vai funcionar. Planejo umas férias, só nós duas, se o marido deixar. Pensei no Canadá: parece lindo, a comida deve ser boa e a gente ouve francês, para variar. Ela ainda não sabe, mas ando pesquisando na internet uns passeios a cavalo perto de Quebec. FAÇO QUALQUER COISA para a Minhoca voltar a me amar.

EDITORA OBJETIVA LTDA. Rua Cosme Velho, 103
Rio de Janeiro — RJ — CEP 22241-090
Tel.: (21) 2556-7824 — Fax: (21) 2556-3322
www.objetiva.com.br

Coordenação Editorial
Isa Pessôa

Produção editorial
Maryanne Linz

Produção gráfica
José Jardim

Capa e Projeto Gráfico
Luiz Stein Design (LSD)

Imagem Capa
LSD

Designers Assistentes
Darlan Carmo e Felipe Braga

Produção LSD
Ana Paula Verissimo

Revisão
L. Fadel
Sandra Pássaro

Editoração Eletrônica
Abreu's System Ltda.

R375m

Reis, Ana Cristina

Meu reino por um cashmere / Ana Cristina Reis. – Rio de Janeiro : Objetiva, 2005

259p. ISBN 85-7302-749-5

1. Literatura brasileira – Crônicas. I. Título.

CDD B869.4

IMPRESSÃO E ACABAMENTO:
YANGRAF Fone/Fax: 6195.77.22
e-mail:yangraf.comercial@terra.com.br